권왕의 레이드

**권왕의
레이드** 5

초판 1쇄 인쇄일 2016년 9월 24일 | **초판 1쇄 발행일** 2016년 9월 28일

지은이 장쯔 | **펴낸이** 곽동현 | **담당편집 팀장** 이범수
편집부 신연제 이윤아 홍현주 김유진 임지혜

펴낸곳 (주)조은세상 | 출판등록 제 2002-23호
주소 경기도 연천군 미산면 청정로 1355
TEL 편집부 02)587-2966 | FAX 02)587-2922
e-mail bukdu@comics21c.co.kr

장쯔 ⓒ 2016
ISBN 979-11-5832-644-7 | ISBN 979-11-5832-593-0(set) | 값 8,000원

귀왕의 레이드

NEO MODERN FANTASY STORY & ADVENTURE

장쯔 현대 판타지 장편소설

북두
(주)좋은세상

CONTENTS

32. 대격변

32. 대격변

　지후가 파괴자와의 전투에서 결국 승리를 했다는 사실이 전 세계로 속보를 통해 퍼져나갔다.

　인류는 구원을 받은 것이다.

　어떤 사람들은 지후를 신격화하기도 했고 진정한 영웅이라는 말을 했다.

　하지만 지후를 테러리스트로 몰아갔던 국가들과 언론들은 뭐라고 할 말이 없었다.

　지후가 스스로 진짜 테러리스트가 되겠다고 했기 때문이다.

　원래 막나가는 인간이 이제는 브레이크를 떼어버렸기에

어떤 국가도 지후에게 트집잡힐 만한 기사를 실지 않았다.

하지만 지후가 파괴자와의 전투에서 승리하고 지구를 지켰다는 기쁨은 오래가지 못했다.

지후의 승리의 소식에 대한 기쁨도 잠시, 오마바는 침통한 표정으로 기자회견을 열었다.

이제 일주일 뒤면 전 세계의 모든 던전의 웨이브가 일어난다고.

모두가 힘을 합쳐서 그걸 막아내야 한다고.

그리고 파괴자가 했던 말을 전 세계인에게 알려주었다.

그동안은 튜토리얼 이었다는 사실을.

진정한 전쟁은 이제 시작임을.

전 세계는 혼란에 휩싸였지만 힘을 합친다면 어떻게든 막을 수 있다는 희망을 설파했다.

지후의 존재 덕에 대한민국과 미국, 영국, 이렇게 삼국은 여유가 있었다.

그리고 다들 삼국으로 향하기 위해 비행기들이 분주히 이동했다.

하지만 나라에는 법이라는 게 있고 수용의 한계가 있었다.

졸지에 세 나라는 전국의 모든 호텔의 예약이 꽉 차버렸고 그마저도 웃돈이 오가는 상황이 벌어졌다.

권왕의
레이드 5

지후는 천마의 최대한 많이 살리라는 말이 머릿속에 맴돌았기에 최대한 많은 나라를 도울 생각이었다.

물론 중국과 일본 같은 나라를 도울 생각은 없었다.

일단은 웨이브를 막아내고 천마가 말했던 신을 만나봐야 알 수 있는 일이었기에 지후는 1주일간 편안한 휴식을 취했다.

지후는 윌슨을 영국으로 보냈다.

웨이브가 일어나면 최대한 버티고 있으라며 윌슨을 영국으로 보냈다.

어차피 지수도 영국에 살고 있었기에 오랜만에 둘만의 휴가를 보내게 해줬다.

지후가 아닌 윌슨이라도 다른 나라의 입장에서는 부러울 수밖에 없었다.

지후와는 까마득한 실력 차가…. 아니 비교 자체가 불가능 했지만 이제는 세계에서 다섯 손가락 안에 들 정도로 강한 헌터였다.

그 다섯 손가락이 다 지후의 사람이라는 게 문제라면 문제였지만.

윌슨, 아영, 소영, 수혁, 윌로드.

네 사람은 지후에게 배웠으니 빠르게 늘 수밖에 없었고 윌로드는 가끔 지후를 곁눈질 하며 배웠지만 제법 실력이 뛰어났다.

정작 지후에게 배운 지현은 여전히 A+ 등급이었다. 실전에 익숙해지고 전체적인 밸런스도 좋아졌지만 거기까지였다.

원래 재능이 없던 걸 지후가 내공을 밀어 넣어서 만들어 준 헌터였으니.

그나마 보법이나 힐 타이밍이 좋아져서 이제는 반푼이 소리를 면할 정도는 되었다.

지후는 아영과 소영과 함께 뉴욕에 머물며 신혼을 만끽하고 있었다.

사실 대한민국에서 잠시 머물까 했지만 그냥 활동하기가 가장 편한 뉴욕에 머물렀다.

이곳은 오마바의 철통 보안으로 인해 언론도 주변의 그 누구도 방해를 하는 사람이 없었기에.

물론 웨이브가 시작되면 바로 대한민국부터 향할 생각이었다.

왜냐고?

땅덩이가 좁은 곳부터 처리하는 게 효율이 좋으니까.

그리고 지후의 모국이니까.

이젠 정말 무한 한 것 같은 내공이 아닌 무한한 내공을 가진 지후였다.

그랬기에 웨이브에 대한 두려움은 전혀 없었다. 신에 대한 호기심은 있었지만.

일단은 웨이브가 일어나면 소울아머의 회복과 영혼력을 충분히 채울 생각이었다.

소울아머가 아니었다면 깨달음을 얻기 전에 천마에게 죽었을 테니까.

물론 따까리는 지후의 무한한 내공을 받으며 바로 회복되었다.

당장은 아공간에서 나올 일이 없었지만.

웨이브가 일어나면 부모님과 쌍둥이가 살고 있는 비버리힐스를 지키게 할 생각이었다.

지후의 양팔은 아영과 소영이 한쪽씩 차지한 채 세 사람은 저택을 산책하고 있었다.

물론 지후는 겉으로는 행복한 미소를 짓고 있었지만 내심 조금 피곤하고 귀찮았다.

매순간 양쪽에 달라붙어서 쫑알거리고 같은 질문에 다른 대답을 원했다.

뭐든 두 배로 힘이 드는 지후였기에 정신적인 피로감은 어쩔 수 없었다.

생사경에 올라도 이런 피로감은 해결이 안 되는 것 같았다.

"오빠~ 오빠는 평소에 내 생각해요?"

생각할 틈은 주니? 똥 쌀 때까지 따라다니려고 하면서? 그 시간이 요즘 내 유일한 자윤데?

그래서 안 싸도 되는 걸 일부러 싸자나.

"으응. 하지."

"전 오빠 생각 하루에 한번은 하는데."

한번이라고? 그렇게 붙어있으면서 꼴랑?

"그래? 근데 겨우 하루에 한번?"

"일어나서 잠들 때까지 한번이요. 헤헤."

소오오오오르음.

아~ 전신에 순간 소름 돋았어.

"하하하…… 고마워…."

"피~ 무슨 대답이 그렇게 맥이 빠져요?! 오빠는 정말 나 사랑하는 거 맞아요!?"

"당연하지. 난 지금 이 순간도 널 사랑하고 있는데? 주말만 빼고."

"주말은 왜 빼요?"

"사랑도 주말은 좀 쉬어야지. 우리 사랑은 주 5일제로 하자."

"사랑이…. 이게 일이야! 그리고 오빠는 일도 안 하잖아!"

일 안해도 세계에서 제일 부자야. 그리고 지구를 지키는 일을 하잖아.

나보다 더 중요하고 대단한 일을 하는 사람이 어딨어!

넥타이 매고 아침에 출근해야 일인가!

"그래서 사랑을 비즈니스라고 생각하고 있어."

순간 볼을 빵빵하게 부풀리고 있는 소영의 모습이 귀여워서 볼을 꼬집어 주었다.

언제부터 이렇게 변한건지, 아니 원래 이런 성격이었는데 그렇게 차갑게 감추고 있었나?

순간 아영은 질투심이 불타올랐다.

자신이 옆에 있는데도 둘이 저렇게 히히덕 거리다니.

뭐 결혼을 했으니 상관은 없었지만.

이건 여자로서의 자존심 문제다.

특히 소영과는 나이차이가 제법 되기에 그 부분만큼은 어쩔 수 없다고 생각하는 아영이었다.

그래도 최대한 나이차이가 나 보이지 않게 하기 위해서 머리부터 발끝까지 스타일링과 피부관리를 최대한 신경 쓰는 아영이었다.

"지후씨 나 앞머리 자를까?"

지후는 또 올게 왔다는 생각이었다. 이런 질문은 사람을 순식간에 피곤하게 만드니까.

이런 건 대충 농담으로 얼버무리다가 순식간에 넘어가야 한다.

디테일해지면 진짜 피곤해지니까.

"그럼 죽을 걸?"

지후의 장난에 아영의 손이 지후의 옆구리를 강하게 꼬집었다.

"아악!"

"장난치지 말구요!"

"하긴 김경호 스타일이긴 했지."

그냥 귀찮아서 하는 말이었지만 반은 진심이었다.

"머라구욧!"

"장난이야. 그냥 하고 싶은 대로해. 뭔들 안 예쁠까?"

지후가 그윽한 눈빛으로 아영을 한번 바라본 뒤에 아영의 이마에 가벼운 입맞춤을 해주었다.

그러자 아영은 지후의 장난에 났던 심통이 순식간에 사르르 녹았다.

지후는 두 사람과 산책을 하며 화단을 둘러봤다.

꽃은 활짝 피어있었고 잔잔한 바람이 살랑거리는 게 참 기분이 좋았다.

언제 이런 여유가 있었겠는가?

자신의 저택에 뭐가 있는지 제대로 알지 못하는 지후는 나름 잘 꾸며진 정원과 산책로에 앞으로도 종종 돌아봐야 겠다는 생각이 들었다.

집이 충분히 좋았기에 아영과 소영이 어딘가 멀리 나가

자고 하면 저택이나 한바퀴 돌 생각이었다.

지후는 산책을 하다가 바닥에 있던 호스를 집어 들었다.

그리고 씨익 웃더니 아영과 소영에게 물을 뿌렸다.

"악!"

"지후씨!"

"오빠 갑자기 물은 왜 뿌려요."

"꽃에 물주는 거야."

소영은 순간 할 말을 잃었다.

이 유치한 장난에…. 영화나 드라마에서 보면 손발이 오그라들던 장면에 왜 주인공들이 얼굴을 붉히는지 몰랐는데 막상 자신이 겪어보니 알 것만 같았다.

심쿵이란 말이 가장 적절한 말일까?

지후의 오그라드는 한 마디에 소영의 심장은 미친 듯이 뛰었다.

"어떻게… 다 젖었잖아요."

아영이 투덜거리며 물기를 털어내고 있었고 아영의 하얀 원피스는 물에 젖어 속옷이 훤히 비쳤다.

그리고 소영 또한 젖어서 몸에 옷이 딱 달라붙어 그 아찔한 몸매가 드러나고 있었다.

지후는 그 순간 피가 쏠리는 것을 느꼈다.

"젖었네?"

꿀꺽.

지후의 목젖은 심하게 요동쳤다.

"그럼 그렇게 물을 뿌리는데 안 젖어요?!"

지후는 두 사람의 몸을 구석구석 훑어보며 말하고 있었다.

"혹시 다른데도 젖었어? 다른 물도 줄까?"

지후가 음흉한 눈빛을 보내며 말하자, 두 사람은 지후의 말이 무슨 뜻인지 알고는 잘 익은 홍시처럼 얼굴이 시뻘게졌다.

하지만 지후의 저런 짓궂은 농담도 싫지는 않았다.

다른 사람이 했다면 두 사람에게 목숨을 건질 가능성이 없었지만 세상에서 가장 사랑하는 지후가 한 말이기에.

그리고 말에 확실히 책임지는 사람이기에 묘한 기대감이 생기는 두 사람이었다.

지후는 두 사람을 양팔로 끌어안더니 경공을 펼쳐 방 안으로 향했다.

그렇게 물장난은 끝이 나고 불장난이 시작되었다.

시간은 쏜살같이 흘러 1주일은 순식간에 지나갔고 웨이브가 터졌다.

지후는 바로 대한민국으로 이동했고 '이리오너라'를 외치며 몬스터들의 어그로를 끌어서 단숨에 처리했다.

지후는 워프로 각 도시를 돌면서 웨이브를 처리했고 대한민국은 3시간 만에 모든 웨이브를 정리할 수 있었다.

웨이브가 정리되자 지후는 대한민국의 헌터들에게 미국으로 향하는 게이트를 열어주었다.

웨이브를 먼저 처리한 국가의 헌터들이 다른 나라를 돕기로 했기에 딱히 한 게 없는 대한민국의 헌터들은 쌩쌩한 상태로 지후가 열어준 게이트를 통해 미국으로 넘어갔다.

지후는 미국이 아닌 영국으로 향했다.

그리고 대한민국과 같은 방식으로는 시간이 너무 오래 걸릴 것 같다는 생각에 새로운 방식을 생각했고 역시나 자신은 머리가 좋지 않다는 사실을 인정할 수밖에 없었다.

자신은 자연을 느낄 수 있었다.

그리고 세상 모든 곳이 자연이었다.

그 사실을 또 놓치고 있었던 지후는 바로 영국 전역으로 기감을 펼쳤다.

그리고 영국의 모든 하늘엔 황금빛 단검들이 생성되어 있었다.

딱!

런던에 있던 지후가 손가락을 튕기자 영국 전역의 몬스터들이 하늘에서 쏟아지는 황금빛 단검에 순식간에 생을 마감했다.

수많은 헌터가 달려들어도 불가능 한 일을 지후는 순식간에 손가락을 한번 튕겨서 해낸 것이다.

사실 지후도 처음 시도해본 너무나 광범위한 공격이었기에 계속 집중을 하고 있었고 상황이 끝나자 주저앉을 뻔 했다.

심장이 터질 것처럼 조여 왔고 숨이 턱밑까지 차올랐다.

이건 절대로 두 번 할 수 있는 공격이 아니었다.

아무리 기운을 빌려서 무한하게 사용할 수 있다지만 정신적으로도 육체적으로도 이렇게 광범위하게 공격을 해서는 안 되는 것이었다.

지후는 가히 반신의 영역에 들었지만 이건 신의 영역에 올라야 가능한 그런 것이었기에 아무것도 모르고 시도한 공격으로 인해서 지후는 뇌가 터지고 육체가 붕괴될 뻔 했다는 사실을 깨달을 수 있었다.

사실 영국만이 아니라 지구 전역으로 기감을 넓혀서 해볼까 하는 생각도 약간은 있었기에 안도의 한숨을 내쉬며 가슴을 쓸어내렸다.

'잘못했으면 몬스터가 아니라 내가 죽을 뻔 했네.'

영국에서 단숨에 웨이브를 처리한 이 영상은 생방송으로

전 세계에 방영됐고 지후는 전 세계적으로 신격화되기 시작했다.

물론 지후는 그걸 듣고 코웃음을 쳤지만.

다시는 시도도 안 할 것이기에.

두 번 했다간 죽을지도 모르는 일이기에.

적과 싸우다가 죽는 것도 아니고 멋있게 보이려다가 죽을 수는 없는 것 아니겠는가?

지키겠다고 약속을 한 게 있는데.

지후는 담배를 하나 피면서 심신의 안정을 취한 뒤에 영국에 다른 나라로 향하는 게이트를 열어두고 미국으로 떠났다.

지후는 대한민국에서 했던 방식과 영국에서 했던 것처럼 기감을 펼쳐 빠르게 웨이브를 정리했다.

물론 영국에서처럼 광범위하게 미친 짓을 벌이진 않았다.

지후의 몸은 하나였기에 지후는 웨이브를 처리한 국가의 헌터들은 자신이 갈 나라와 다른 나라로 보내며 웨이브를 막지 못 한 나라를 돕도록 했다.

마치 기차가 출발하고 정거장에 멈출 때마다 사람이 타는 듯한 모습이었고 그런 식으로 일주일 만에 전 세계의 웨이브를 막을 수 있었다.

국적, 피부색, 성별 그 어떤 것도 문제가 되지 않았고 전세계의 헌터와 군인들이 단합해서 웨이브를 막아냈다.

전 세계가 하나가 되었기에 그 효과와 환호는 더욱 컸다.

물론 일본과 중국, 러시아는 가장 늦게 도와줬기에 국가의 기능이 거의 상실될 정도로 피해를 입었다.

지후는 분명히 말했다.

모두를 지킬 생각은 없다고.

반신의 경지에 올랐어도 여전히 지후의 뒤끝은 길었다.

지구에서 마지막 몬스터가 지워지는 순간 지후는 거부할 수 없는 기운을 느낄 수 있었고 버텨보려 했지만 아득한 공간으로 빨려들어 감을 느낄 수 있었다.

그리고 그 곳엔 지구의 신이라고 말하는 한 여인이 비릿한 미소를 지으며 지후를 내려다보고 있었다.

지구에서 마지막 몬스터가 지워지는 순간 지후는 거부할 수 없는 기운을 느낄 수 있었고 버텨보려 했지만 아득한 공간으로 빨려들어 감을 느낄 수 있었다.

그리고 그 곳엔 지구의 신이라고 말하는 한 여인이 비릿한 미소를 지으며 지후를 내려다보고 있었다.

갑작스럽게 자신의 의지와는 상관없이 이상한 곳으로 끌려온 지후는 정신이 없었고 눈앞에 자신을 내려다보며 비릿한 미소를 짓고 있는 여인이 누구인지 궁금했다.

여인은 성숙했고 아름다웠다.

하지만 범접할 수 없는 느낌이랄까?

차마 지후조차도 선뜻 말을 건네기가 불편했다.

"그대가 지구의 왕인가 보구나."

맑고 고운 목소리였지만 그 안에는 거역할 수 없는 압박
감이 느껴졌다.

그러더니 지후를 향해 손을 뻗었다.

지후는 순간 자신의 몸이 본인의 의지와는 상관없이 허
공섭물을 당하듯이 저 손바닥으로 향하는 것을 느낄 수 있
었고 어떻게든 버텨보기 위해 애를 썼지만 무의미했다.

"가만히 있거라. 저항해봐야 아무 의미도 없느니라."

지후의 의지와 상관없이 여인의 손바닥에 지후의 이마
가 잡혀있었고 순간 지후의 머리는 깨질 것 같이 아파왔
다.

지후는 머리가 너무 아파 소리를 지르고 싶었지만 목소
리가 나오지 않았다.

"지구의 왕이여. 그대는 참 재미있는 삶을 살았군. 전생
을 기억하는 인간이라."

"설마 내 머릿속을 다 헤집어 본 것이냐? 넌 누구지?"

"파괴자에게 아니 천마라고 해야 하나? 다 들었을 텐
데?"

"신…?"

"그렇다. 신인 나에게 네 머릿속을 보는 것 정도는 일도 아니지. 물론 부작용은 없다. 잠깐 아프긴 했겠지만. 내가 친절히 너를 배려해 목소리를 낼 수 없게 해줬지. 별로 아프지도 않은 건데 다들 그것만 하면 소리들을 질러서."

'죽을 만큼 아프거든? 신이면 다냐?'

차마 입 밖으로 꺼내지는 못했지만 지후는 기분이 좋지 않았다.

"어떤가? 지구의 왕이 된 기분이? 아니지. 원래 별호가 권왕이라고 했었나? 다시 왕이 된 기분은 어떤가? 이번엔 예전 같은 별명이 아닌 진짜 왕이라네."

"그게 무슨 소리지?"

"말 그대로 앞으로 자네는 지구의 왕이 되어 싸워야 한다네."

"뭐! 대체 누구와? 너희는 뭔데 왜 우리를 계속 싸우게 하려는 거지?!"

"뭐 천천히 얘기하자고. 다 말해줄 테니까. 나도 설명을 하는데 순서가 꼬이면 귀찮아 지거든. 그러니까 차분하게 들으라고."

"……."

"우선 내 소개를 하지. 나는 지구의 신인 가이아다."

"가이아…. 나는…."

"네 머릿속을 들여다봤으니 네 소개는 되었다. 우선 참

많이도 살려놨더군. 축하한다고 해줘야겠지? 다 너의 백성
이니까."

"그게 무슨 소리지?"

'일단 천마가 최대한 많이 살리라고 해서 살려놓긴 했는
데.'

"하…. 이번 왕은 정말 무식하군. 일일이 의미까지 설명
을 해줘야 하다니. 넌 이제 지구 전체의 왕이다. 한 나라의
왕이나 대통령이 아닌 지구라는 별의 왕이란 말이다."

"왜 내가 왕이지?"

"그건 내가 결정한 게 아니야. 지구라는 별. 이 땅이 선
택한 게 너인 거지. 언제나 선택은 별이 하는 것. 우리 신들
은 그것엔 개입하지 않는다. 그래서 나도 그 기준을 모른
다. 가장 강한 놈이 선택받을 때도 있고 가장 현명한 놈이
선택받을 때도 있고 정답이 없으니 네가 선택된 이유는 나
도 모르겠군."

'설마…. 힘을 빌려주겠다던 음성이… 자연이… 지구였
던 건가…?'

"자 이걸 읽어 보거라. 지구인들은 이런 식으로 서류로
만들어서 보는 걸 좋아하더군."

가이아의 손에는 갑자기 서류뭉치가 나타났고 그것을 지
후에게 던지고 있었다.

"이게 뭐지?"

"앞으로 일어 날 일들. 해야 할 일들. 뭐 아무튼 전체적인 상황 설명이라고 해야 하나?"

"말로하면 되지. 이걸 왜 서류로?"

"나도 입 아프다."

"난 서류를 안 본다."

"확실히 그대의 머릿속을 보니 서류를 안 보더군. 하지만 이번에는 보거라."

순간 지후는 거역할 수 없는 기운을 느꼈고 볼 수밖에 없었다.

썅년. 지도 말하기 귀찮은 거구만.

[1차 시험의 합격을 축하한다.

더 이상 지구에 던전이 열리거나 몬스터가 나타나지 않는다.

이제부터 지구는 차원의 전장에 입장한다.

이 공간을 나가면 지구의 왕이 원하는 위치에 차원전장으로 향하는 게이트를 열 수 있다.

그 곳은 왕의 땅이자 차원 전쟁이 펼쳐지는 장소.

그 곳은 또 하나의 세계이자 차원이며 현재 300여개의 차원이 그곳에서 전쟁 중.

지구도 이번에 합류.

차원 정장은 지구처럼 1차 시험을 통과한 별이 오는 곳.

규칙은 간단하다.

땅따먹기(?) 영토전쟁이라고 생각하면 편하다.

예) A = 지구의 왕 (이지후) B = 다른 별의 왕

B가 A에게 쳐들어 올 수도 있고 A가 B에게 쳐들어 갈 수도 있다.

왕이 죽으면 전쟁에 패하는 것.

전쟁에 패하면 패한 별의 모든 지식과 자원이 승자의 별에 전이되며 그 별 또한 승자의 지배하에 놓인다. 그리고 패배한 별의 백성들은 승자의 별의 노예가 되어 의지와 상관없이 승리한 왕의 명령을 수행해야 한다. 대부분 전장에서 고기방패로 쓰이다가 사망.

패자들의 안전지대를 옮겨 올 수 있음. (땅이 이동한다고 생각하면 됨.)

지구는 이제 막 전장에 합류 했으므로 1년간 전장은 누구의 습격도 받지 않고 안전지대 상태가 유지된다.

차원 전장에는 모든 종족과 차원들이 탐내는 천연의 자원이 지천에 널려있으며 몬스터들도 널려있다.

각 별에서 생산되거나 가지고 들어 올 수 있는 건 어떠한 것도 없다.

모든 건 차원전장에서 직접 만들고 사용해야 함. (그동안 몬스터에게 얻었던 아이템들은 제외.)

혹시라도 몬스터를 사냥하다가 왕이 죽는다면 무능한 왕을 둔 죄로 그 별 자체가 차원 전장의 자원이자 거름으로

쓰이며 백성들은 의지를 잃은 채 몬스터 화 된다.

안전지대가 아닌 곳에서 사냥하다가 다른 별의 적들과 조우해 전투를 하는 경우도 많음.

공식적인 전투가 아니더라도 적의 세력을 약화시키기 위해 많은 전투가 일어남.

이곳은 자급자족인 곳.

그렇기에 자원이나 물자의 채취를 막아 발전을 하지 못하도록 막는 종족도 많음.

차원전장에서는 모든 종족간의 의사소통이 가능. (차원전장 시스템의 영향.)

다른 종족이나 왕과 동맹 불가.

차원 전장에서는 오직 전투만 가능하다.

이건 문명 간의 전투.

자신의 문명이 살아남을 가치가 있는 것인지를 증명하는 것.]

오랜만에 서류를 읽은 지후는 불친절하고 강압적인 내용에 짜증이 났다.

'이제 몬스터가 지구에 안 나타난다는 사실을 좋아해야 하나… 말아야 하나….'

"그런데… 이상한 게 있는데? 그럼 거기에 자동차 같은 건 못 가지고 간다는 건가?"

"당연하다. 이렇게 생각하면 쉽다. 물도 그곳에서 구해야 한다. 모든 건 그 곳에서 자급자족해야만 한다. 너희가 1년의 안전지대 기간 동안 얼마나 발전을 하느냐가 승패를 가를 수 있겠지. 차가 필요하면 부품부터 시작해서 모든 걸 그곳에서 만들면 된다. 그곳에서 만든 건 본인의 별로 가지고 갈 수 있다. 물론 모든 자원도."

'대체 그럼 뭐부터 시작해야 되지? 원시시대라는 말인데…. 미사일? 이동 수단? 집? 아…. 씨발…. 이런 건 내 머리로 무리야. 하긴 머리 쓰는 사람들은 따로 있지. 생각해보니까 많네.'

순간 지후의 머릿속엔 오마바나 폴 등 몇몇의 얼굴이 떠올랐다.

'뭐 적당한 감투하나 주면 좋다고 하겠지. 어쩔 거야 이제 내가 왕인데.'

"그래도 지구는 운이 좋군. 너 만한 강자가 1단계를 통과한 별에서 나오는 건 극히 드물거든."

"나는 이곳에서 강한 편인가?"

"네 놈은 확실히 쓸 만하지. 반면 네 백성들은 매우 약한 편이다. 뭐 왕이 죽으면 아무리 백성이 강해도 끝이지만. 반면 백성이 아무리 죽어도 왕이 죽지 않는다면 패한 게 아니니까."

"그럼 왕이 자기 별에서 안 나오면 그만 아니야?"

"불가능하다. 뒷면을 안 읽었나 보군. 마저 읽어라."

샹! 뒷면도 있었어?

지후는 투덜거리며 뒷장으로 종이를 넘겼다.

[전쟁 중엔 다른 별이 공격하지 않음.

차원 전장의 시스템은 언제나 별과 별의 일대일 전투만을 인정함.

지구는 375일 뒤 (열흘은 그냥 서비스?다.) 본격적으로 전쟁을 하게 됨.

전쟁기간에는 왕은 자신의 별로 돌아갈 수 없음.

오직 차원전장에만 머물 수 있음.

전쟁에서 승리를 하면 승리를 충분히 만끽하고 재정비를 할 수 있도록 3달간 안전지대가 재적용 된다.

3달 뒤 다시 전쟁이 시작.

차원의 왕들에겐 각자 별에서 알기 쉬운 방법으로 왕들의 위치를 알 수 있음.

지구의 왕은 스마트폰 어플의 지도에 표시.

그래서 왕들 중에는 안전지대에서 절대로 나오지 않는 왕도 많음.

사냥 중에 다른 별의 습격을 받는 경우도 많기 때문.

차원 전장에서 10승을 하면 2단계 통과.

2단계 통과시 차원 전장을 떠날 수 있음.

3단계로 넘어갈지 그냥 모든 걸 끝내고 전투에서 해방이 될 지는 왕만이 결정할 수 있음.]

'드디어 다 읽었다!'

지후는 그저 순수하게 이 서류 더미를 다 읽었다는 사실에 기뻐하고 있었다.

"다 읽었나?"

가이아는 여전히 지후를 고고하게 내려다보고 있었다.

"그래."

"그럼 궁금한 게 있으면 물어 보거라. 처음이자 마지막 만남이 될 테니 몇 가지 궁금증은 풀어주마."

지가 신이면 다야? 말투부터 엄청 사람 깔보는데 은근히 기분 더럽네.

그렇다고 신에게 덤빌 생각은 없었다.

지후 또한 반신의 영역에 오른 존재. 가이아와 자신은 하늘과 땅보다도 더욱 큰 격차가 있다는 사실은 이미 체감하고 있었다.

자존심이 상했을 뿐.

"그럼 물어봐 주마. 10승을 하면 우리는 더 이상 싸우지 않아도 된다는 소리냐?"

"그렇다. 물론 10승을 한 뒤에 그런 선택을 할지는 의문이지만."

가이아는 지후의 질문에 조소를 짓고 있었다. 그리고 궁금했다. 이번 왕은 과연 어떤 선택을 할 것인지. 물론 10승을 해야 할 테지만.

10승은 차원전장이 열린 10억 년간 100곳이 채 나오지 못했기에 가이아는 지후가 10승을 할 거라는 기대는 없었다.

그저 바로 죽지는 않고 3승 정도는 지후 본인이 강하기에 가능하지 않을 까 생각을 했을 뿐.

지후는 10승을 하면 이 전투에서 해방이 된다는 생각에 희망이 보였지만 가이아는 그런 지후의 희망에 찬물을 끼얹었다.

"하지만 1패라도 하면 모든 게 끝이지."

"난 지지 않아. 꼭 10승을 해주지. 피할 수 없으니 즐겨주지."

"이상하군. 아까 너의 머릿속을 봤을 때 자제는 다른 사람에게 피할 수 없어도 피하라는 말을 하던데?"

"그럼 피할 수 있게 해주던가. 이건 싸우는 것 외에는 선택지가 없잖아"

샹년아!

마지막 말은 입 밖으로는 뱉지 않았다.

그나마 윌슨보다는 눈치가 있는 지후였다.

"그런데 적은 어떻게 선택하지? 가장 가까운 곳에 있는 적과 싸우나?"

"아니다."

"아까 말한 스마트폰 어플을 켜 보거라."

지후는 지도 어플을 클릭했고 그곳에는 그저 하얀 배경에 붉은 점이 보였다.

"붉은 점을 클릭해 봐라."

그러자 스마트폰엔 붉은 점 대신 얼굴이 표시 됐다.

"보이나?"

"그래."

"그냥 그런 식으로 얼굴 보고 아무나 찍어라. 적이 받아들이면 전쟁이다. 알아서 너와 적의 땅이 이동해서 50km 거리로 좁혀지니 패자가 나올 때까지, 한쪽의 왕이 죽을 때까지 싸우면 된다."

그런데 매칭이 뭐가 그렇게 허술해. 그저 얼굴을 보고 찍으라고?

이런 내 얼굴이 너무 잘생겨서 시기하는 것들이 많을 텐데.

"아~ 이걸 안 적었군. 왕을 제외한 백성들은 이동이 가능하다.어떤 머저리 같은 별은 왕만 싸우고 백성들이 별에 처박혀 있다가 나중에 고기방패로 비명횡사를 하기도 했지."

"미친놈들이군."

"어디에나 미친놈들은 많지."

"그 말엔 동감이다."

지후는 가이아의 말에 공감하고 있었다. 세상 어디에나 미친것들은 지천에 널려있었으니까.

"이번이 지구는 첫 전쟁이니 넌 상대를 선택할 자격이 없군."

"그게 뭔 소리지?"

"1, 3, 5, 7, 9번째에는 네가 도전을 받아들여야 한다. 2, 4, 6, 8, 10번째엔 네가 아무나 찍으면 되고."

'뭐 이리 불친절한 시스템이….'

"그런데 이걸 대체 어떻게 설명하지? 갑자기 내가 왕이라고 하면 누가 믿겠어?"

"모두 믿을 것이다."

지후는 그게 무슨 말이냐는 듯이 가이아를 바라봤다.

"너와 내가 지금 나누는 모든 대화를 전 지구인이 보고 듣고 있으니. 지구인 모두의 의식을 이곳으로 옮겨왔지."

"어떻게…?"

"이래봬도 신이다."

"마지막으로 하나만 묻자. 사실 이게 가장 궁금했거든. 대체 우리가 이 전쟁을 하는 이유가 뭐지?"

지후가 마지막 말을 끝맺는 순간 주변의 공기가 달라졌다.

지후 또한 자신을 압살할 것 같은 진득한 살기에 등줄기가 축축하게 젖어갔다.

"너희들은 착각하고 있어. 너희 인간들이 이 지구의 주인이라고. 하지만 아니야. 모두 신인 내가 만든 것이다. 그러니 주인은 나다."

"하지만 지구는 우리가 사는…."

"그 또한 내가 허락했으니 가능한 것이다. 하지만 너희 인간들은 끊임없이 본인의 욕심만을 채우려 하더군. 뭐 그건 지구만의 문제가 아니었지. 전차원적인 문제였어. 종족이든 뭐든 진화나 발전이란 걸 하면 만족을 못하더군. 다른 차원까지 침략하며 자원을 약탈하고. 어떤 차원은 신에게 덤비기도 하더군. 그래서 우리 신들은 우리가 만든 곳을 더럽히고 주인이라 착각하는 것들에게 벌을 내리기로 했지. 그런데 그저 죽이면 재미가 없잖아. 그래서 결정된 게 차원 전쟁이다. 이곳에서 살아남을 자격을 증명하는 별만이 살아남을 수 있지."

"아무리 신이라도! 그런 자격이…."

"있지. 왜 없다고 생각하지? 내 기준에선 너희나 길가에 굴러다니는 돌멩이나 똑같다. 모두 다 내가 창조한 것이니까. 너희가 만들었다고 생각하는 자동차 같은 것도 모두 내가 창조한 것들의 결합물 아닌가? 자원이든 뭐든 다 내 손으로 만들었다. 그러니 별을 없애는 것도 창조하는 것도 모두 신인 나의 의지. 그리고 차원전장은 전 차원의 모든 신들의 동의하에 만들어진 곳. 그러니 죽고 싶지 않다면 싸워서 이겨. 살아남다보면 진짜 살아남을 수도 있겠지. 어차피 선택의 여지란 없다. 이제 내 할 일은 끝난 것 같군. 마지막 궁금증도 풀어준 것 같고. 만약 너와 내가 다시 만난다면 네가 10승을 했을 때겠지. 패한다면 다시는 보지 못할 테고."

가이아는 그 말을 끝으로 지후를 향해 손을 휘저었고 지후는 처음 이곳에 왔을 때처럼 의지와 관계없이 다른 곳으로 빨려들어 감을 느낄 수 있었다.

지후는 다시 처음 있던 곳으로 도착했다.

그리고 주변에 있던 사람들은 다들 멍한 눈으로 지후를 바라봤다.

모두가 같은 걸 봤으니까.

모두 그곳에서 몇 시간이나 있었던 것 같았지만 현실에선 1초에 지나지 않았다.

'한마디로 현실판 전설대전이나 공성전이라고 생각하면 되는 건가?'

그 한마디면 될 걸 쓸데없이 문서로 만들어서 파악하는데 오래 걸리게 하고 지랄이야.

지후는 괜히 어렵게 문서로 설명한 가이아를 생각하며 투덜거리고 있었다.

그리고 막막한 기분이 들었다.

대체 어디서부터 어떻게 시작해야 할지.

지후의 손가락에는 왕의 증표이자 차원전장으로 갈 수 있는 게이트를 열 수 있는 반지가 끼워져 있었다.

지후가 그곳에 내공을 주입하자 사용법이 머릿속으로 들어왔고 사용법은 정말 간단했다.

양방향 게이트를 10곳까지 열 수 있었고 장소는 지후의 마음대로 지정할 수 있었다.

일반인들은 잠깐이지만 지구에 몬스터가 안 나온다는 사실에 열광했다.

이제 전 세계가 안전해 진 것이었으니까.

사실은 더욱 위험해진 것이었는데 다들 자기 일이 아니라는 생각이었다.

그건 나라의 높은 사람들과 군인과 헌터, 이지후가 해야 할 일이라는 생각이었다.

괜히 자신들에게 불똥이 튈까봐 더욱 갓지후를 연호하며 찬양했지만 그 생각은 오래가지 못했다.

미국에선 정상회담 아닌 정상회담이 개최됐다.

각 나라의 대통령과 왕, 정치인, 각 부처의 장관들….

그리고 각 나라를 대표하는 기업가들까지 모두가 모였다.

그리고 지후와 신경전 아닌 신경전을 벌이게 되었다. 물론 일방적인 신경전이었지만.

인원이 인원이다 보니 모두 양키스 홈구장에 노트북을 펼친 채 좌석에 앉아 있었다.

물론 전 세계 실시간 생방송이었기에 자신의 앞에 있는 마이크를 사용함에 있어서는 신중에 신중을 요구했다.

회담은 인사도 생략한 채 지후의 발언으로 인해 혼돈의 카오스가 찾아왔다.

"지금 이 순간부터 이지 제국을 선포한다. 초대 황제는 바로 나다."

딱 한마디였지만 이 말이 가지는 파장은 장난이 아니었다.

"그리고 너희들의, 전 세계의 나라는 앞으로 나의 영지 이자 신하 국이다. 지구의 모든 사람은 이 순간부터 나의 백성이다."

장내는 순식간에 소란스러워 졌고 폭동의 조짐마저 보이고 있었다.

지후는 그것을 보고 인상을 찡그리며 약간의 기운을 풀었다.

다들 자신들을 조여 오는 기운에 장내는 순식간에 침묵 속에 휩싸였다.

"이제 더 이상 지구에 몬스터는 안 나온다."

세계의 모든 헌터들과 군이 단합해 웨이브를 막아내고 살아남았지만 그건 끝이 아닌 시작이었다.

특히 기업들은 울상이었다.

던전이 세상에 나온 지 이제 7년밖에 되지 않았지만 세상은 대부분 몬스터의 부산물과 마정석을 이용해서 돌아가고 있었다.

그 자원이 갑자기 사라진 것이니까.

지후는 그걸 이용할 계획이었다.

차원전장은 지천에 몬스터가 널려있고 자원이 넘쳐나는 곳이기에.

"7년 전이라면 모르겠지만 지금 세상은 몬스터 부산물과 마정석이 없이 유지되기 힘들겠지. 스마트폰을 쓰던 사람들이 2g폴더 폰을 쓰는 시대로 쇠퇴해야 한다는 뜻이니까. 하지만! 차원전장에 가면 몬스터는 널려있고 자원 또한 널려있다."

지후의 말에 이 자리에 있는 모든 사람들이 희망과 탐욕의 눈빛을 빛냈다.

하지만 상대가 너무 안하무인이다.

대화가 통하지 않는 마이웨이를 고집하는 자기만의 세계가 확고한 사람이었으니까.

"그 곳은 내가 허락하지 않는 한 누구도 발을 들일 수 없는 곳이지."

"혼자 독점을 하겠다는 겁니까!"

어딘가에서 지후를 향해 마이크로 소음을 질렀지만 지후는 무시하고 말을 이었다.

"독점이라…. 아니지. 그건 내게 주어진 권리! 모두 가이아라는 신을 봤을 텐데? 그리고 보고 들어서 알 텐데? 나는 너희 모두의 위에 군림하는 황제다!"

지후의 위엄이 서린 말에 그 누구도 입을 떼지 못했다.

입을 여는 순간 죽을지도 모른다는 생각이 순간적으로 모두의 머릿속에 스쳐갔기 때문이다.

"나라의 이익? 기업의 이익? 돈? 다 무슨 소용이지? 차원전장은 무한한 자원을 얻을 수 있는 자원의 보고이기도 하지만 가장 중요한 사실은 전쟁터라는 사실이다. 그 곳이 무너지거나 내가 전쟁에서 죽으면 너희의 나라도, 기업도, 돈도, 백성도 모두 무의미해지는 것이다. 그저 고기방패가 될 텐데 너희의 지위가 돈이 무슨 도움을 줄 수 있다고 생각하나? 나는 지금부터 너희들에게 협조를 구하지. 아니 협조가 아니다. 명령을 내리지. 나에게 복종해라. 아니 복종은 안 해도 되. 다만 살고 싶으면 내 말을 들어."

"그건 독재 아닙니까!"

역시나 세상엔 미친놈들은 많고 욕심이 많은 것들은 분위기 파악을 하지 못했다.

눈앞의 엄청난 먹이를 두고 밀려선 안 된다는 생각뿐

이었다.

협상은 언제나 처음이 중요하니까. 기선제압을 제대로 하지 못하면 앞으로도 끌려가야 했으니까.

그는 이 많은 사람들이 자신을 도와줄 거라 생각했고 자신의 가문을 믿었다.

그랬기에 지후에게 당당하게 큰소리를 내며 자리에서 일어났다.

순간 모든 사람들의 이목이 그에게 주목 됐고 그는 생각대로라며 속으로 박수를 쳤다.

지후는 그저 무심하게 그를 바라봤고 그와 지후가 눈을 마주치는 순간 그는 머리가 터져 죽어버렸다.

그저 눈을 마주친 것뿐이었다.

지후도 알고 있다.

기선제압이 중요하다는 사실을.

욕심이 많은 것들은 특히나 겁이 많으니까.

역시나 지후의 행동에 모두 할 말을 잃고 꿀 먹은 벙어리가 되었다.

지후는 그런 인간이라는 사실이 모두의 머릿속에 그려졌다.

모두는 잠깐 욕심에 눈이 멀어 잊고 있었다. 상대는 대화가 통하지 않는 테러리스트였다는 사실을.

"그거 알아? 이제 피라미드의 정점은 나야. 대통령? 왕?

무슨 의미가 있지? 그래. 너희들이 이해하기 쉽게 말해줄까? 내가 회장이고 너흰 나라별 지사장 정도야. 거기에 너희가 지부장을 임명하고 운영하는 뭐 그런 거지. 잘 생각해봐. 너희의 단합? 미안하지만 아무의미 없어. 그리고 너희는 중요한 걸 잊고 있어. 황제가 되기 전 내 직업이 뭐였는지. 전직 갑질러이자 테러리스트였지. 뒤끝이 엄청 긴. 협조? 하기 싫으면 하지 마. 근데 도움도 안 되는 것들을 살리겠다고 내가 애를 써야겠어? 그냥 그 나라는 내가 지울게. 내가 황제 이전에 테러리스트였잖아. 아니지. 이건 왕의 분논가? 내가 왕인데 이게 무슨 테러겠어. 정의지."

장내는 숨소리마저 들리지 않을 정도로 너무나 조용한 침묵에 휩싸여 있었다.

"차원전장과 연결된 게이트는 세 곳에 열 것이다. 대한민국, 미국, 영국. 왜냐고 토 달지 마라. 나한테 협조하면 그에 대한 보상은 충분히 한다. 나는 그동안 모두가 테러리스트라고 나를 외면할 때 끝까지 지지를 해준 삼국에 게이트를 열 것이다. 물론 게이트를 통과하면 그 곳에서 또 신원 조회를 하겠지만. 이곳에서 자원을 빼돌려 가져갈 생각은 하지 마라. 걸리면 이유를 막론하고 사형을 할테니까."

순간 기업인들의 표정이 심각하게 일그러지는 모습이 보였다.

지후는 그걸 보고 바로 폴에게 신호를 보냈다.

각 국가와 정보처들은 폴이 누구인지 대부분 알고 있었지만 이 방송을 보는 사람들 중 99%는 폴이 누구인지 몰랐다.

그랬기에 지후는 폴과 한편의 시나리오를 썼다.

지후는 폴을 앞으로 더욱 중용 할 생각이었기에 오늘 세상을 향해 화려하게 데뷔시킬 계획이었다.

이 기회를 통해 폴은 자기주장이 확실하고 할 말은 하는 소신 있는 인물로 부각시켜 곁에 둘 계획이었다.

그런 인물이 지후의 곁에 있다면 사람들은 어느 정도 지후에게 브레이크를 거는 조언자가 있다는 생각을 하며 안심할 테니까.

두 사람의 연기에 폴을 모르는 방송을 보는 사람들은 그저 폴이 소신 있는 사람이란 생각을 할 수밖에 없었다.

"한 말씀 드려도 되겠습니까?"

폴은 자리에서 일어나 지후에게 정중하게 발언을 요청했고 지후는 고개를 끄덕였다.

"지후님의…. 아니…. 황제폐하의 말씀대로라면 자원을 가지고 지구로 돌아가지 못하면 어느 기업이 그곳에 투자를 하겠습니까? 물론 폐하가 강제로 할 수도 있겠지만 그런다면 지구의 문명은 후퇴를 하게 됩니다."

폴은 교묘하게 지후를 황제폐하라고 칭하며 이 방송을

보는 모든 사람들에게 지후의 신분을 새겨 넣었다.

폴이 누구인지 아는 사람들은 대체 폴이 왜 저러나 싶었지만 자신들에게 이득이 되는 말이기에 속으로 환호를 보내며 듣고 있었다.

◇

"기업? 욕심도 부려도 될 때와 그러지 말아야 할 때가 있는 법이야. 나라가 사라지고 물건을 사줄 사람이 사라질 텐데. 장사치들은 더욱 나를 도와야 하는 거 아닌가? 자기들 물건을 팔 사람들을 살려주겠다는 건데. 싫으면 그냥 죽어버려. 난 모두를 살리는 왕이 아니야. 어차피 너희는 본보기를 보여주면 무서워서라도 따라오겠지. 그렇지만 난 선발대와 후발대의 차이는 확실히 둘 거야. 언젠가 안정이 된다면 나를 도운 것들에겐 그만한 보상을 약속하지. 그리고 중요한 건 당장 지구에서 스마트폰이 아닌 2g 폰을 사용해야 하는 게 아니야. 너희는 머릿속으로 사냥을 해야 한다는 생각이었겠지? 지금 사냥이 중요한 게 아니야. 몬스터 사냥해서 어쩌게? 지구에다가 자원 보내서 장사치들 망하지 않게 하는 게 중요하다고 생각해?"

"하지만 지구에 있는 사람도 먹고 살아야 하지 않겠습니까?"

"먹고 살려면 생존을 해야지. 생존을 하려면 이곳을, 나를 지켜야 한다. 하지만 이곳에서 우리는 모든 걸 자급자족해야 해. 지식은 있지만 인력이 딸리지. 앞으로 모든 지구인들은 이곳에서 성벽을 쌓고 싸울 무기를 생산해야 할 거야. 이제는 일반인들도 모두 싸워야해. 그러니까 우리는 빨리 무기와 군인들을 양성해야해. 전 지구인이 군인이 되어야 할 거야. 헌터들만 싸운다고? 그럼 우리는 단숨에 패하겠지. 너희는 노예가 되어서 고기방패가 되고 싶은 건가? 싸울 힘이 없는 자들은 이곳에서 삽질이라도 해. 그것도 힘들면 밥이라도 해. 이건 나 하나 누군가를 위한 게 아닌 모든 지구인을 위한 일이야. 이곳을, 나를 지키지 않는다면 지구에서 너희가 어떤 신분을 가지고 있든 돈이 많든 그건 무의미해진다. 전쟁에서 패하는 순간 고기방패가 되는 운명이니까. 독재라고 생각할 수도 있겠지. 각자의 삶이 있으니까. 근데 어쩌라고? 나도 왕하고 싶지 않았거든. 내 삶이 있었거든. 누가 나대신 왕 해줄래? 이게 나 혼자 살자고 하는 짓인가? 나도 하기 싫거든 이딴 귀찮은 짓. 그런데 내가 살아야 너희도 사는 거야. 너희가 있어야 나도 사는 의미가 있고 그래서 공생을 하려는 거야. 내가 무슨 욕심을 부렸고 독재를 했지? 난 다 살 수 있는 길을 열려는 거야. 1승이다. 우선은 1승 때까지만 모든 자원은 차원전장을 안정화 시키는 일에 사용한다. 개인이든. 기업이든. 길드든. 나라든. 1승을 하고 안전지대가 형성되는 순간부터 차원전장에서 얻은 것 중 20%는 지구로 가져가도록 해주겠다."

"20%는 너무 적은 것 아닙니까?"

폴의 말에 너도 나도 동의한다는 듯이 사람들은 고개를 끄덕이고 있었다.

"이건 정해진 비율은 아니다. 잠정적으로 차원전장이 발전되고 안정화 된다면 지구로 가져가는 비율이 늘어나겠지. 이건 내 이익을 위해서가 아니야. 모든 지구인의 생존을 위해서지. 이곳이 안정되야 지구가 살 수 있는 거야. 그러니까 지랄하지 말고 와서 중장비부터 만들어. 성벽을 제대로 만들지 못하면 순식간에 지는 거야. 장벽 없이 싸우자는 건 아니지? 그동안 싸우던 몬스터랑 앞으로 싸울 적들은 달라. 별과 별의 전투야. 우리보다 뛰어난 지성체도 있을 거고 절대로 무력이 약하지 않겠지. 그들도 다들 우리와 같은 과정을 걸치고 차원전장에 온 것이니까. 우린 딱 의식주 위주로만 해결 한다. 게이트는 열어 둘 테니 차원전장에서 일하고 지구에서 식사를 하고 올 수도 있고 잠을 자고와도 된다. 물론 그건 각 나라에서 부담할 거야. 나도 전 재산을 내놓도록 하지. 이제 와서 돈이 무슨 소용이겠어. 죽으면 끝인데. 그래도 내가 있을 성은 좀 신경 써서 지어줘. 너희는 전쟁 중에도 지구로 돌아갈 수 있지만 난 못 가잖아. 나도 제대로 쉴 곳은 있어야지. 그리고 이래봬도 내가 황제야. 너희 모든 지구인들의. 품위 유지는 해야지. 뭐 그건 천천히 하던 알아서 하고 일단 성벽이 최우선이다. 중장비와 무기를 생산할 공장과 성벽을 최우선으로 쌓아 올린다. 그 후에 이동수단을 만든다."

"궁금한 것이 있습니다. 이건 강제적인 것입니까? 협조를 하지 않는다면 어떻게 되는 겁니까?"

폴의 말에 다들 이 대답이 가장 중요하다는 듯이 자세를 고쳐 앉으며 귀를 기울였다.

"우리가 해야 하는 건 생존이자 전쟁이다. 몇 번을 말해도 최우선 과제는 생존이야. 협조를 안 한다고? 아까도 말했지만 안 해도 되. 대신 살아서 숨도 쉬지 못하게 되겠지만. 난 분명히 모두를 살릴 생각은 없다고 했어. 그리고 본보기는 어디에서나 필요한 법이고. 협조를 하지 않는 기업이나 나라와 관련된 인간들은 나중에 이곳이 안정화 되더라도 그 어떤 것도 얻지 못할 거야. 누가 손해할까? 앞으로 몬스터의 사체와 마정석을 구할 수 있는 곳은 이곳이 유일해. 한마디로 모든 자원을 내가 독식하고 있다는 말이지. 그리고 여긴 내 땅이고. 세상에 기업은 많고 나라도 많아. 그리고 나한테는 협조적인 세 나라가 있지. 그리고 그 나라들엔 제법 좋은 기업들도 있고."

"그렇다면 그 삼국에 게이트뿐만이 아니라 앞으로 얻을 이권도 주신다는 말씀이십니까?"

"꼭 그렇다는 건 아니지. 일단 그 삼국은 나한테 절대적으로 협조를 하니까 가능성이 가장 높다는 것 뿐이지. 다른 곳에서 협조를 한다면 그들도 같은 혜택을 받겠지. 원래 세상이 누구에게나 공평하지는 않지. 나는 도움이 되는 놈들은 그만큼 도움을 주지만 쓸모없는 것들에겐 밥 한 끼도 줄 생각이 없어. 길드? 기업? 각 나라? 좆까라 그래. 로마에 가면 로마법을 따르듯이 이곳에선 이곳의 법을 따라야지. 여긴 내 의지가 법이야. 참고로 나는 정말 기분파야. 뒤끝도 길고."

회담은 다소 지후의 일방적인 통보로 끝났지만 다행스럽게도 전 세계의 기득권층이 아닌 사람들은 지후에게 절대적인 지지를 보냈다.

그곳을 지키지 못하거나 지후가 죽으면 모든 건 끝이라는 사실은 변하지 않는 진실이었으니까.

그 누구도 이익을 따질 때가 아니라는 여론이었다.

다음날 삼국은 언론을 통해서 같은 성명을 발표했다.

차원전장에 협조하지 않는 기업이 있는 나라와는 더 이상 교류를 하지 않겠다고.

그리고 그 기업이 속한 나라의 국민들이나 길드도 마찬가지이며 앞으로 삼국에는 발도 들이지 못할 것이란 말을 하며 현재 삼국에 거주 중이던 그 나라의 사람들도 모두 강제추방 하도록 할 것이라며 으름장을 놓았다.

삼국의 성명을 본 뒤로 그 누구도 협조를 안 할 수가 없었다.

피라미드의 정점엔 이지후가, 그 밑으론 삼국이.

실제로 자기들이 협조를 안 해서 얻을 수 있는 건 파멸뿐이었고 자신들의 라이벌 기업들은 웃으며 협조를 할 테니까.

뒤처지지 않으려면 이 새로운 세상에서 살아남으려면 순응하고 인정해야 한다는 사실을 모두가 받아들일 수밖에 없었다.

18세 이하의 아이들과 노인들을 제외한 전 세계인들이 차원전장의 안전지대로 투입되기로 결정됐다.

물론 월급 같은 건 각 나라가 부담했다. 사실 그곳을 막아내지 못하면 아무 의미가 없었으니까.

차원전장은 숙식을 해결할 수 있는 시설이 무엇도 없었기에 지후는 삼국을 제외한 7곳에도 게이트를 열었다. 그곳은 잠자리와 식사를 제공할 곳이었다.

공사장에서 삽질을 하기는 힘든 여자들은 그 곳에서 식사와 빨래 등을 해결해 주었다.

1차적으로 지질학자와 과학자나 여러 학자들이 차원전장으로 넘어갔고 그곳은 정말 무한한 자원의 보고라는 사실을 알 수 있었다.

일단 환경오염이 없었고 공기가 지구의 그 어떤 곳과도 비교할 수 없을 정도로 맑고 상쾌했다.

지구에는 존재하지 않는 금속들이 굴러다녔고 무기로 사용하면 엄청날 강도의 금속들도 많았다.

무엇보다 토질이 좋아서 농사를 짓기에 최적의 환경이었고 실험 결과 지구보다 10배 이상 빨리 자라고 농산물의 품질도 좋았다. 채소며 과일 그 어떤 것도 모두 같은 실험결과를 가져왔다.

안전지대 밖으로 나가자 지구의 던전에 있던 몬스터들을 바로 마주칠 수 있었다.

정말 널린 게 몬스터였기에 기업들은 부산물과 마정석에 대한 걱정도 없었다.

이곳이라면 지구의 식량난도 충분히 해결되고 자원도 충분했기에 기업가들은 눈을 밝히며 협조를 한다며 투자를 나섰다.

이곳의 황제인 이지후는 남의 말을 듣는 성격은 아니지만 먼저 건드리지 않는다면 걱정하지 않아도 되는 사람이었다.

언제나 먼저 그를 건드려서 피해를 본 것이었기에. 이제는 장난으로라도 건드려서는 안 될 인물 이었다.

세계, 아니 지구의 황제였으니까.

그리고 그가 귀찮은 걸 싫어하는 성격이라는 건 그를 잘 모르는 사람들도 다 아는 사실이었다.

그러니 이곳을 아무리 개발해도 본인이 갖겠다거나 그럴

일이 없었다.

욕심이 많은 인물이 아니었기에 상대하기가 불편했으니까.

결정적으로 이제 그는 세상의 모든 걸 가졌다.

실질적으로 기업들의 소유를 자기 거라고 생각하는 막무가내 사고방식을 가지고 있다는 사실이 아름아름 퍼졌고 오히려 기업들은 안심했다.

나중에 적당히 세금만 낸다면 황제의 성격상 뭐라고 하지 않을 테니까.

그렇기에 먼저 최대한 좋은 땅의 위치를 선점하고 많은 시설을 짓기 위해 발 빠르게 움직였다.

전 세계의 법조인들이 모여서 법과 치안을 논의하며 만들었다.

하지만 복잡한 법의 체계에 지후는 짜증을 냈고 이지제국은 매우 간소한 법체계를 갖추게 되었다.

이곳에선 지구에서의 신분은 무의미했다. 예외는 오직 지후와 지후의 친족뿐.

모든 것 위에 지후가 있었고 지후가 법이었다.

나라마다 법이 조금씩 달랐고 적용 법도 달랐기에 이곳에는 이곳만의 법이 있었다.

이곳의 법은 어떻게 보면 이상향이었고 너무나 단순한 법이었다.

그런데 그 법이 너무나 무서웠다. 단순하지만 단순한 게 아니었다.

너무나 많은 걸 포함하고 있는 법이었다. 다른 나라라면 실현 불가능한 법들이었지만 이곳에서 만큼은 반드시 지켜야 했다.

지후는 지구의 나라마다 법들은 모두 인정하며 달라질 게 없다고 지구의 왕이지만 간섭을 할 생각은 없다고 했다. 이것은 차원전장에서만 통용되는 법이라며 선을 그었고 다른 곳에서 일어나는 범죄는 하던 대로 하라며 확실한 선을 그었다.

1. 그 어떤 작은 범죄도 차원전장에서는 용납하지 않는다.

2. 1승 이후 지구와 교역이 시작됐을 때 세금으로 장난을 친다면 죽는다.

3. 이곳은 모두가 평등하다. 국적도, 나이도, 성별도, 지구에서의 그 어떤 지위도 이곳에서는 인정되지 않는다. 만약 지구에서의 지위로 이곳에서 갑질을 하다가 걸리면 사형에 처한다.

4. 황제폐하가 법이다.

이곳에선 그 어떤 범죄도 용납하지 않는다.

그 어떤 범죄라는 것이 구분이 모호했기에 다들 차원전장에 오면 트러블을 만들지 않기 위해 애를 썼다. 법이 애매모호하니 그게 나쁜 짓이라는 소문이 났고 차원전장만 오면 사람들은 착해졌다.

신분과 국적 나이나 성별을 막론하고 범죄는 발견즉시 사형을 했다.

제대로 된 치안과 법을 집행할 수 있는 시설도 없었지만 그럴 여건도 인력도 부족했기에 매우 폭력적이고 강압적인 공포정치로 이지제국은 돌아갔다.

33. 준비

법이 완성됨과 동시에 지후는 이지제국의 기관을 꾸렸다.

지후는 여러 기관에 대한 의견이 오가자 짜증이 나서 대부분의 기관을 생략했다.

처음부터 지후는 그런 세세한 기관을 만들 생각이 없었다.

이곳은 치안을 지킬 군인과 경찰과 무역과 나중에 1승이후에 세금을 받을 곳만 있으면 되었다.

어차피 이곳에서 기업이나 나라들이 들어와서 어떤 건물을 짓고 사업을 하든 신경 쓸 생각이 없었다.

아마 지구의 대부분의 사업이 이곳을 통해서 이루어 질 것이기에.

그저 세금만 잘 받아내면 되는 것이었다.

어차피 외교가 필요한 곳이 아니었다.

모든 나라가 지후에게 따르지 않을 수 없으니까.

차원전장은 지구의 다른 국가들처럼 세부적이고 디테일하게 운영을 할 필요가 없었고 그럴 시간도 없었다.

복지나 그런 걸 신경 쓸 만큼 여유로운 상황도 아니었고 그런 건 시간낭비였다.

지후는 아영을 외교부장관이자 감사원의 원장으로 임명했다.

그녀가 속마음을 읽기 시작하면 누구도 꼼수를 부릴 수는 없었으니까.

수혁은 경찰청장이자 내성 수비대장이 되어 미라클 길드원들과 함께 차원전장의 치안을 맡았다.

월로드는 국방부 장관이자 외성수비대장이 되어 길드들의 안전지대 밖에서의 사냥을 담당했다.

오마바는 미국 대통령이었지만 은근히 지후에게 뭔가 도울 일이 없겠냐는 말을 자주 물어왔고 지후는 오마바가 원하는 대로 일거리를 산처럼 던져 주었다. 무역부장관과 법무부장관, 국세청장 자리와 그 외에도 자잘한 기관의 장을 주었지만 오마바는 그동안 미국에서 하던 것처럼 일을 처리할 수는 없었다.

미국에서는 적당한 허물이나 비리는 눈을 감고 지나쳤지만 이곳은 달랐다.

잘못하면 친구에게 목이 잘려서 거리에 효수가 될 지도 모를 일이니까.

그리고 감사원에는 아영이 있었기에 티끌만큼의 부정도 용납하지 않으며 오마바는 기틀을 만들었다.

월슨은 군인들의 훈련을 맡았고 소영은 헌터들의 훈련을 맡았다.

그동안 지후에게 혹독한 훈련을 받은 만큼 그 둘은 모두에게 지옥을 보여주었다.

그리고 초고속, 아니 궤도 엘리베이터 승진을 한 것은 폴이었다.

지후는 폴을 자신의 비서로 임명했다.

지후는 본보기로 기업들끼리 땅을 선점하려고 신경전을 벌이며 일의 진행이 늦어지는 것을 보고 그 기업들의 회장들을 죽여 거리에 매달아 효수했다.

그 후 지후는 모든 기업과 사람들을 성벽과 무기를 만드는 곳에 투입했다.

하루빨리 총화기가 완성되어야 했기에 그래야 일반인들도 군인으로 전쟁에 나설 수 있기에.

회사가 달라도 상관없었다.

그 분야에서 일하던 사람들을 시후는 몰아넣으며 나중에 지분으로 따지라 했고, 그냥 몰아넣은 채 일을 시켰다.

나라가 다르고 회사가 달랐지만 다들 그 분야의 스페셜리스트들 이었으니 시너지 효과를 보여 중장비나 무기와 이동수단은 빠르게 개발되어 갔다.

물론 그것들을 생산할 공장으로 많은 사람을 투입하며 차원전장은 빠르고 바쁘게 돌아갔다.

전 지구인들이, 넥타이를 매던 회사원들이 교대로 돌아가며 차원전장에서 노동력을 보태자 발전은 정말 눈부시도록 빨랐다.

헌터들도 무기대신 삽을 들었으니 공사의 진행은 빨랐고 생산시설들은 정말 순식간에 만들어졌다.

안전지대는 지름 50km의 원이었지만 지후는 정사각형으로 성벽을 만들었다.

원으로 공사를 하는 것보단 각 지게 만드는 게 공사기간을 단축 할 수 있었기 때문도 있었지만 성벽 밖의 안전지대에는 함정 등을 설치해야 했기 때문이다.

동쪽과 서쪽의 성벽은 건설 회사들이 투입되어 아파트 형식으로 지어졌고 남쪽과 북쪽은 컨테이너들을 쌓아 올렸다.

컨테이너 속에 시멘트를 가득 부어버리고 그 위도 시멘트로 제대로 도장해서 정말 튼튼한 성벽을 짓고 있었다.

아파트 형식으로 지어진 성벽도 겉에 강철판도 두르고 방탄유리와 방탄필름으로 창문의 방어력도 높였다. 아파트 형식의 성벽이 컨테이너들보다는 방어력이 약했지만 쉬면서 바로 공격을 할 수도 있었기에 능률은 더 높았다.

지후의 성은 정말 중세시대나 영화에서나 볼 법한 멋지고 웅장한 성이었달까?

성의 외벽은 강철들과 차원전장에서 발견한 단단한 금속들로 만들어 지고 있었다.

지구의 왕이라는 점도 있었지만 지후가 죽으면 모두가 패하는 전쟁이었기에 지후의 성은 지구의 그 어떤 벙커보다도 튼튼하게 지어졌다.

몬스터웨이브를 단합해서 물리쳤기 때문일까?

사람들은 나라와 성별에 관계없이 차원전장에서 땀을 흘렸고 2달이 조금 흐르자 성벽과 대부분의 공장과 지후의 성이 완공되었다.

역시 대한민국은 차원전장에도 완벽한 통신시설을 구축했고 이제 이곳에서도 핸드폰을 사용할 수 있게 되었다.

하지만 아직 차원전장에서 핸드폰을 생산해내지 못한 게 함정이었지만 공장들이 지어지고 있으니 이제 이곳에서도 핸드폰을 사용하는 모습을 곧 볼 수 있을 것 같았다.

성벽이 완성되자 지후의 눈치를 보던 기업들이 본격적으로 자신들의 이익을 위해 움직이려는 모습을 보였고 다행히

조기에 멈췄기에 큰 사단은 일어나지 않았지만 한바탕 혈풍이 불어 닥칠 뻔한 아찔한 상황이었다.

지후는 바로 의식주 위주로 건물들을 짓도록 했고 건물들은 빠르게 지어졌다.

6개월이 흘렀을 땐 웬만한 대도시의 모습을 하고 있는 차원전장이었다.

다만 여가시설은 거의 없었고 숙박시설을 가장한 군인들과 헌터들의 숙소가 있었다.

모든 시설은 전장임을 감안해서 방탄유리와 방탄필름이 사용됐고 이동수단들도 서서히 차원전장을 돌아다니기 시작했다.

전 세계가 하나가 되니 눈부시도록 빠르게 발전을 하고 있었고 그것을 보며 세계는 놀라고 있었다.

그리고 사람들은 자신들이 저곳에 한몫을 보탰다며 뿌듯한 미소를 지었다.

한편 지구에서는 100곳에 훈련장을 마련한 뒤에 군인들과 헌터들이 훈련에 임하고 있었다.

성벽이 올라가자 지후는 4개월 단위씩 지구인을 반으로 나눠서 훈련을 명했다.

1팀이 4개월간 훈련을 하는 동안 2팀이 공사에 투입되는 식이었다.

사격술과 검술과 창술, 그리고 보법 등 지후는 미라클

길드와 지인들에게만 알려주던 훈련들을 군인과 헌터들에게 전파했다.

물론 지후는 아영, 소영, 윌슨, 윌로드, 수혁, 지현 그리고 그 외에 가장 강하다고 알려진 100명의 헌터와 뼛속까지 군인인 특수부대원들 500명만을 가르쳤다.

한참 전 지구인들이 힘을 합쳐 성벽을 올리던 2달간 지후는 606명의 사람들을 혹독하게 가르쳤다.

이제 이들이 지후에게 배운 걸 8개월간 가르쳐야 했기 때문이다.

지후는 정말 잔인할 정도로 혹독하게 굴렸다. 아영, 소영, 윌슨, 윌로드, 수혁, 지현도 예외가 아니었다. 그래야 생존률이 올라가니까. 그리고 이들이 독기를 품어야 그 독기를 가르칠 훈련생들에게 제대로 물려줄 테니까.

"야 너무하는 거 아니야! 좀 쉬엄쉬엄 해도 되잖아! 이런다고 뭐가 달라지긴 달라져? 너 지금 괜히 우리한테 스트레스 푸는 거 아니야?"

결국 훈련을 하다가 참지 못한 지후의 누나인 지현이 소리를 쳤고 지후는 인상을 찡그렸다.

지현은 속으로 자신이 누나인데 설마 어쩌겠냐는 안이한 생각이었지만 지후의 표정은 점점 일그러지고 있었다.

"야라고 했나?"

지후의 목소리는 너무나 싸늘했다.

"으응?"

"응이라고 했나? 이지현. 내가 누구로 보이지? 폴 내가 누구지?"

지후의 옆에 있던 폴은 지후의 말이 끝나자 즉각 대답을 했다. 지후의 표정이 좋지 않았기 때문이다.

"이지제국의 초대 황제폐하십니다. 그리고 지금 훈련을 손수 가르치는 은혜를 베풀고 계십니다."

폴은 지후의 비서가 된 뒤부터 지후의 눈치를 잘 살폈고 가려운 곳을 잘 긁으며 아부를 정말 잘했다.

"그렇지. 그럼 저 이지현이라는 여자가 나한테 하는 말을 내가 어떻게 받아들여야 할까?"

"사형감입니다. 하지만 폐하의 누님이 되시니 너그럽게 이번 한 번만은 눈을 감고 넘어가 주심이 좋지 않을까 싶습니다."

"한번이 두 번 되고 두 번이 세 번 될 텐데?"

분위기는 급속도로 냉각되었고 지현의 말 이후로 너무나 조용했기에 지후의 말은 훈련을 받고 있는 606명의 귀에 너무나 선명하게 들리고 있었다.

수혁은 지현이 상황파악을 못하고 이 많은 사람들 앞에서 저런 철없는 소리를 하자 정신이 아득해짐을 느꼈고 지현은 설마 자신에게 저렇게 말을 할 거란 생각을 하지 못했기에 너무나 속상하고 섭섭한 기분이 들었다. 하지만 그 섭섭함보다 점점 설마가 혹시로 바뀌며 몸이 떨리며 공포가 찾아왔다.

아영과 소영도 지후의 부인들이었지만 훈련이 너무 심하다고 생각은 하고 있었다. 결국 곪아있던 고름이 지현을 통해 터지고 말았다.

이곳에 있는 모두는 상황이 너무나 안 좋아지자 속으로 폴에게 제발 수습을 잘 해달라며 폴의 입만을 바라봤다.

"하지만 지현님은 폐하의 하나뿐인 누이이십니다. 누이께서도 지금 분명 반성을 하고 계실 것입니다."

지후는 훈련생들을 한번 슥 훑어본 뒤 지현을 바라보았다.

지현은 겁에 질린 듯이 바닥에 주저앉아 어쩔 줄을 몰라 하고 있었고 지후는 괜히 마음이 약해졌다.

지후가 끔찍하게 생각하는 가족에게 그런 모진 소리를 하고 싶었겠는가. 다만 생존을 위해서는 저런 나약한 마음을 뜯어고쳐야만 했기에 더 곪기 전에 도려내려고 말을 꺼냈던 것이다.

지후는 지현에게만이 아닌 모두에게 말을 하고 있었던 것이다.

"나는 너희들의 황제다. 원하지 않았지만 상황은 이렇게 됐지.

다른 별이 어떤 식으로 싸우는지는 모르나 나는 가장 최전방에서 싸우겠다.

하지만 나에게 기대려거나 의존하려는 생각은 버려라.

내 어깨는 너희가 가볍게 기댈 어깨가 아니야.

그리고 난 너희를 기대고 싶을 정도로 대단한 사람이 아니야.

그저 가장 몬스터를 잘 때려잡아서 이 자리에 있을 뿐. 너희보다 인격적으로 무엇 하나 대단하지 않다.

그러니 내 어깨에 너희들의 무게까지 실어서 무겁게 할 생각은 하지 마라.

너희는 내 짐을 덜어가야 한다. 이건 나 혼자만의 전쟁이 아니야.

그러니 각자의 생존은 각자가 챙겨라. 살아남을 수 있도록 가족을 지킬 수 있도록 스스로가 강해져라.

전쟁에서 살아남는 것. 누군가를 지키는 것. 그건 내 몫이 아니야. 각자의 몫이지.

내 몫은 이 전쟁을 승리로 이끄는 것.

내 뒤에서 너희가 죽더라도 나는 전진을 해야 한다.

전쟁터에서 가족이 죽더라도…. 나는 뒤를 돌아볼 수가 없다.

그러니 강해져라. 그래서 서로를 지켜.

난 전쟁에서 승리하고 너희들의 곡소리가 아닌 승리의

함성을 듣고 싶다.

지금은 힘들고 혹독한 훈련이지만 이런 훈련을 통해서 너희는 살아남을 수 있을 것이고 많은 아군과 그들의 가족들을 지킬 수 있을 것이다.

나는 그들의 눈물을 보고 싶지 않다.

최대한 많은 사람들이 웃었으면 좋겠고 이 전쟁이 끝나고 평화가 왔으면 좋겠다.

나한테 쌓인 원한은 앞으로 너희가 가르칠 훈련병에게 전해라.

그 훈련병들이 너희가 나에게 그랬던 것처럼 너희에게 원한과 독기가 쌓일수록 더 많은 사람이 전쟁에서 살아남을 수 있는 것이다.

그렇게 우리가…. 각자가 제몫을 한다면 반드시 승리하고 살아남는다.″

◆

지현은 부끄러웠다.

지후가 왜 이토록 자신들을 잔인하리만치 혹독하게 다루는지 알 것 같았기 때문이다.

살리기 위해서였다. 왕이란 더 많은 백성을 살려야 하는 그런 자리니까.

동생은 그렇게 수많은 사람의 생존을 짊어지고 가는데 자신이 대체 무슨 말을 한 건지….

지현은 밀려드는 죄책감과 자신의 철없음에 고개를 들 수가 없었다.

모두가 지현과 마찬가지였다.

속으로는 지현과 같은 생각을 다들 하고 있었으니까.

부인인 아영과 소영조차 그랬으니 지후가 심하게 다루긴 했다.

뭐 부부이기 때문에 두 사람은 두 사람 나름대로 섭섭한 게 있었을 테지만.

지후의 목소리에는 물기가 고여 있었고 그 말에는 진심이 묻어났다.

윌슨은 언제나 발목을 잡던 스스로가 싫었는데 그토록 지후의 옆에 당당하게 서겠다고 다짐을 했었건만 고작 훈련이 힘들다고 칭얼댔던 스스로가 너무나 부끄러웠다.

지후가 자신들의 생존과 다른 수많은 사람들의 생존을 위해 얼마나 많은 생각을 하고 있는지 그 짐이 얼마나 무거운 것인지 모두에게 충분히 전달이 되었고 모두는 스스로에 대한 부끄러움으로 인해 고개를 들지 못했다.

지후는 말을 끝낸 뒤 훈련장을 나가버렸다.

지후를 따라 나갔던 폴이 잠시 훈련장으로 돌아와 오늘 훈련은 종료이니 편하게 휴식을 하라고 전했고 지후는 그날

집으로 돌아가지 않은 채 역용술로 얼굴마저 바꾸고 밖을 배회했다.

물론 지후의 곁에는 폴이 있었다.

지후는 폴에게도 역용술을 펼쳐주었고 두 사람은 야구장에서 양주를 한잔하며 대화를 나누고 있었다.

오랜만에 지후는 술을 마시며 자신의 어깨를 짓누르고 있는 무거운 짐을 잠시나마 내려놨다.

취하고 싶어 마셨지만 생사경에 오른 육체는 지후가 취하고 싶어도 알콜을 분해해 버렸기에 오히려 마실수록 정신은 맑아져갔다.

그저 잠시 내려놓은 것만으로 지후는 어느 정도 마음이 안정되었다.

두 사람은 야구장을 나와 2차를 가지는 않고 근처 포장마차로 향했다.

"폴 넌 왜 2차 안 갔냐?"

"폐하께서 안 가시는데 제가 갈 수 있나요. 저는 폐하의 곁을 보필해야죠."

"똥 싸는 소리 하지 말고. 나야 결혼을 했으니 어쩔 수 없다지만 넌 혼자잖아?"

"그런 것치곤 아까 폐하께서 피아노를 너무 열정적으로 치시는 것 같으시던데."

폴은 태연하게 말을 하며 입으로 오이를 가져가고 있었

지만 그 오이는 폴의 입으로 들어가지 않았다.

지후가 폴을 째려봤고 오이는 폴의 눈앞에서 산산조각 나서 손가락에는 즙만이 흘러내렸다.

폴은 순간 말실수를 했다는 사실을 인지했고 침을 꿀꺽 삼켰다.

"비밀이다. 아니 잊어버려라. 오늘일은 너와 나밖에 몰라. 그러니 누군가 알게 된다면⋯. 알아서 생각해."

꿀꺽.

"예 알겠습니다."

지후는 고개를 끄덕이며 자신의 잔에 소주를 따랐다.

"폐하. 제가 따라 드리겠습니다."

"됐어."

"자작하시면 앞자리에 앉은 제가 3년간 재수가 없다고⋯."

넌 나 만난 것 자체가 불행의 시작이야.

"괜찮아. 네 사정이니까."

"네⋯."

"너도 자작해. 나 재수 없으라고."

"아, 아닙니다. 폐하."

"그럼 넌 다른 쪽 보고 자작해라. 난 너 보면서 할게."

"네⋯."

"그런데 넌 결혼 안하냐?"

"전 괜찮습니다."

난 가끔씩 보이는 네 눈빛이 심각하게 거슬려. 그리고 내 주변은 다 결혼이라는 창살 없는 감옥에 가쳤는데 왜 너는 자유를 느끼고 있는 거지?

"아무튼 얼른 여자만나. 세상이 망하냐 마냐 하는 판국에 결혼 한 번쯤은 해봐야지?"

'그래서 두 분과 결혼하셨습니까?'

차마 폴은 이렇게 직설적이게 말을 하지는 못하고 지후에게 돌려서 말을 하고 있었다.

"지후님은 그래서 결혼하지 않으셨습니까? 결혼 생활은 행복하십니까?"

"…행복하지…."

사실 내가 파괴자와 전쟁을 이길 거라는 확신이 있었다면 그렇게 급하게 하지는 않았을 텐데…. 하….

"그래서 넌 오늘도 우에하라?"

흠칫.

순간 폴의 눈썹이 파르르 떨렸고 지후는 그 장면을 놓치지 않았다.

"아닙니다."

'아니라고? 아니라고 말한다는 건 안다는 건데?'

"AV업계는 잘 돌아가고?"

"일본은 제 구실을 못하지만 다행히도 그쪽 업계는 성진

국이라는 클래스답게 여전합니다. 오히려 상황이 안 좋아져서 그런지 새로운 배우들이 더욱 많이 합류….”

폴은 말을 하다가 멈추고 고개를 숙였다.

지후는 폴을 바라보며 묘한 미소를 짓고 있었고 폴은

“넌 미국인인데 서양 물보단 동양 물을 더 선호하나 보네.”

“저는 동양에 대한 판타지가….”

“뭐 개인 취향이니까 존중해. 그래도 너무 많이 보지 말고. 괜찮은 거 있으면 내 비밀메일로 보내.”

“네….”

폴은 지후와 이런 대화를 한다는 게 부끄럽기는 했지만 나쁘지는 않았다.

어느 나라가 왕과 이런 대화를 할 수 있겠는가?

이지제국이기에, 지후가 황제이기에 가능한 일이었다.

폴과 지후는 호텔에서 하룻밤 묵은 뒤 다음 날 오전에 해장국까지 한 그릇씩 먹은 뒤 훈련소로 워프를 했다.

훈련소에 도착하자 다들 기합이 단단히 든 채 열심히 훈련에 임하고 있었고 지후는 어제 자신의 말에 대한 의미가 제대로 전달 됐다는 사실에 기분이 좋았다.

잠깐 아영과 소영과 눈이 마주쳤을 때 왜 어제 안 들어 왔냐는 어제 대체 뭘 했냐는 원망과 의심의 눈빛이 스쳐지나 갔지만 지후는 빠르게 눈을 다른 곳으로 돌리며 무시했다.

아무래도 오늘 훈련은 기존보다 빡세야 할 것 같다.

아영과 소영이 어젯밤에 왜 안 들어왔냐고 캐물을 힘이 없도록.

바로 녹초가 되어 뻗도록.

지후는 606명의 훈련생들을 직접 지도하며 강도를 더욱 높였고 훈련생들은 오늘은 어제의 일을 반성하며 더욱 열심히 훈련에 임하려 했지만 지후의 훈련은 그 마음을 순식간에 돌려놨다.

분명 어제의 일로 복수를 하는 것이라는 생각이 모두의 머릿속에 맴돌았다.

"너희들 굼벵이야! 그래가지고 적들이 공격하면 참도 피하겠네. 아주 '나 여기 있습니다.' 이러면서 단숨에 죽어주겠어~ 그래가지고 어느 세월에 강해져! 너희들은 아직 죽기 살기로 훈련하는 게 아니야!

그냥 죽는다고 생각하고 훈련해! 그래야만 강해져서 살수 있어! 너희가 강해져야 한 사람이라도 더 많은 사람을 구할 수 있어."

지후는 계속 호통을 치며 뒷짐을 진 채 훈련생들에게 틈틈이 다가가 발길질을 했다.

지후의 발길질을 제대로 막지 못하면 막을 때까지 구타가 계속 됐다.

으아아악!

606명의 훈련생들은 저마다 고통에 몸부림치면서 기합을 토해내고 있었다.

지후는 윌슨의 곁에 다가가서는 윌슨의 몸통을 발로 찼다.

지후의 공격에 빠르긴 했지만 못 막을 공격은 아니었다.

그러나 윌슨은 속수무책으로 지후의 프런트 킥을 허용하며 바닥을 뒹굴었다.

"윌슨! 넌 너무 생각이 많아! 몸이 먼저 반응을 했어야지!"

윌슨은 이를 악물며 바닥에서 일어났다.

"생각을 해야 몸이 반응하죠!"

윌슨은 강도 높은 훈련으로 인해 대꾸를 할 기운조차 없었다. 그런데 생각을 하지 말고 싸우라니 도무지 이해를 할 수가 없어 조금은 거센 억양으로 지후에게 대꾸를 했다.

"아니야. 네가 생각하는 것보다 먼저 몸이 반응해야지. 넌 생각하면서 싸우는 타입이 아니잖아?"

잠시 윌슨은 훈련을 멈추고 지후를 빤히 바라보며 말을 하고 있었다.

강해지겠다는 일념은 누구보다 뛰어났지만 지후의 혹독한 훈련은 그런 마음을 종종 잊게 하니까.

"그러니까 지금 연습이라도 생각하면서 하는 거죠!"

"생각을 하지 말라는 게 아니야. 생각할 틈도 없게 빡세게 하라는 거지."

"그게 뭔 소리에요? 카레 맛 똥 먹을래? 똥 맛 카레 먹을래? 그런 겁니까?"

카레 맛 똥? 똥 맛 카레? 하…. 이 새끼가… 항상 똥을 싸고 다니더니… 비유를 해도….

"예를 들어서 네가 만약에 백 미터 달리기를 전력으로 달려. 그럼 넌 달리는 동안 무슨 생각을 하냐? 아마 아무 생각 없을 걸? 그저 골인지점으로 젖 먹던 힘까지 짜서 달리는 거지. 달리는 동안 다리의 각도나 보폭, 이런 걸 생각하진 않잖아? 그러니까 생각이란 걸 하지 마. 그냥 몸에 때려 박아. 그냥 앞만 보고 달리고 또 달려. 그리고 좋은 자세로 달릴 수 있도록 계속 연습해. 생각하면서 싸우려고 하지 말고 몸에 생각이, 습관이 배어있게 해. 너 뿐만 아니라 다들 똑같아. 다들 생각만 많아가지고 몸은 굼떠있어. 너희들 아직 전쟁은 시작도 안했어. 아직 일어나지도 않은 일로 너무 걱정하지 마. 그렇게 해서는 아무것도 할 수 없으니까. 지금 할 수 있는 건 생존을 위한 훈련이야. 쓸데없는 생각은 하지 말고 움직여! 잡념이 들지 않도록 더욱 몸을 혹사시켜! 그리고 쓸모없는 장식 같은 머리로 생각하면서 싸우려고 하기 전에 몸이 알아서 반응할 수 있도록 몸에 배일 때까지 굴러!"

결론적으로 지후는 너희가 아무리 찡얼대도 타당한 이유를 대며 굴리겠다는 얘기였고 그날을 시작으로 점점 더 강도는 높아져만 갔다. 시간이 흐를수록 훈련생들은 초췌해 졌지만 눈빛엔 살기와 독기가 가득했다. 물론 그게 다 잘 살아보자는 군주의 뜻이라는 걸 파악하는 사람이 거의 없었지만.

그래도 지후는 모든 훈련생이 다음날 훈련에 지장이 없도록 훈련생들의 숙소에 진법을 설치해 두었다.

그리고 훈련이 끝날 때마다 내공으로 모두의 피로를 적당히 풀어줬기에 자고 일어나면 모든 훈련생들의 피로는 이상하게도 전혀 없었고 오히려 쌩쌩했다.

쓰러지고 싶어도 쓰러질 수 없는 지후와의 친절한 훈련의 계절이었다.

훈련은 일주일에 일요일 날 딱 하루를 쉬었고 지후는 아영과 소영을 데리고 오랜만에 쇼핑을 나왔다.

그리고 죽을 것 같았다.

천마와 다시 싸우라면 싸우겠는데 두 사람과 쇼핑은 아무래도 다시는 못할 것 같았다.

뭐 하나 사로 들어갈 때마다 어찌나 취향이 다르고 경쟁이 심한지 대체 왜 비슷한 옷을 계속 갈아입으면서 이건 어떠냐 저건 어떠냐 물어보는 건지, 그냥 다 사준다는데 왜 그건 싫다는 건지….

가장 하이라이트는 지후의 옷을 고를 때였다.

서로 다른 취향의 옷을 가지고 와서 이건 어쩌고 저건 어쩌고 뭐가 마음에 드냐는 둥 정말 영혼이 지구를 떠날 것만 같은 기분에 지후의 영혼은 모두 하얗게 타버리고 재만 남았다.

식당으로 들어가서야 지구를 떠났던 지후의 영혼이 본래 있어야 할 곳으로 돌아왔다.

세 사람은 가벼운 마음으로 패밀리 레스토랑에 들어갔고 주문한 음식이 나오자 지후는 바로 포크를 들어 폭 립 하나를 입으로 가져갔다.

"오빠!"

"지후씨!"

지후가 폭 립을 입에 물자 두 사람은 경악을 한 표정으로 지후에게 호통을 쳤다.

지후는 갑자기 소리를 치는 두 사람으로 인해 자신이 대체 뭘 잘못했나 싶어 둘을 바라봤다.

"못 찍었어… 힝…"

"아직 사진 안 찍었잖아요!"

"그럼 다시 시켜서 찍어."

"오빠 그게 아니잖아요!"

"맞아요. 지후씨! 똑같은 걸 왜 또 시켜요."

너네 이럴 땐 왜 이렇게 호흡이 잘 맞는 건데?

지후는 요즘 훈련을 시키며 두 사람을 너무 굴렸기에 미안한 마음도 있어서 오늘 하루만큼은 잘 참고 넘기리라 마음먹고 쇼핑과 외식을 힘겹게 하고 있었다.

다시 식사가 시작됐고 지후는 말없이 밥을 먹다가 분위기가 너무 조용한 것 같아 환기도 시킬 겸 말을 이었다.

딱히 떠오르는 말은 없었기에 식상한 말들이 오갔다.

"아영아~ 맛있어?"

"네. 혹시 지금 저 많이 먹는다고 뭐라고 하시려는 거 아니죠?"

"아니야. 나 잘 먹는 여자 좋아하는 거 알잖아."

아영은 고개를 끄덕이며 다시 음식에 집중했다.

하긴 그 정도로 열심히 쇼핑을 하면 먹는데 집중할 만도 했다.

"오빠 그런데 왜 나한테는 맛있냐고 안 물어봐?"

"넌 이미 맛있게 먹고 있던데."

제발 그냥 넘어가자! 괜히 말을 꺼낸 내 잘못이다.

"뭐?! 언니도 맛있게 먹고 있었거든!"

"네가 좀 더 복스럽게 먹고 있길래."

"내가 돼지 같다는 거야?"

지후는 포크로 스파게티를 돌돌 말아 소영의 입에 먹여주었다.

지후가 먹여주자 오물오물 거리고 있었고 지후는 아영이 또 무슨 말을 할 것 같아 샐러드를 아영의 입으로 넣어 주었다.

그렇게 지후는 식사가 끝날 때까지 쉬지 않고 두 사람의 입으로 음식 셔틀을 도맡아 하면서 식당에서도 영혼이 가출하려는 것을 느낄 수 있었다.

34. 전쟁의 시작

　준비는 차근차근 되어갔다. 아니, 차근차근이란 말과는
조금 괴리가 있었다.

　11개월이 지난 지금 차원전장은 현대의 대도시처럼 변화
되어 있었다.

　전 지구인이 힘을 합치니 공사는 순식간이었고 전문가들
이 힘을 합치니 지구에서는 볼 수 없는 신무기들이 빠르게
만들어졌다.

　일반인들을 위해서 파워슈트가 개발되어 최첨단 무기로
도배되었다.

　그리고 차원전장의 건물마다 온갖 무기와 기관총 등의

무기가 배치되어 있었고 드론이 전장의 주변을 24시간 감시하고 있었다.

이동수단은 주로 오토바이나 4륜 바이크가 되었다.

다행히 전 지구인이 매달려서 공장을 24시간 돌렸기에 탱크와 장갑차도 성벽 앞에 배치할 수 있었고 요즘은 헬기와 전투기를 만들려고 하지만 전투기는 활주로 문제로 인해서 수직이착륙기를 개량하는 것으로 대체되었다.

하지만 워낙 작업시간이 오래 걸려서 헬기와 수직이착륙기는 50대를 채 생산하지 못했다.

마지막으로 헌터와 군인들은 차원전장에 오기 전보다 모두 2배 이상 강해져 있었다.

일반인들도 예외는 없었다.

사지가 멀쩡한 사람들은 군사훈련을 받았고 모두 생존이라는 전제하에 훈련을 받아야 했다.

상황이 상황인지라 지후는 아예 차원전장에서의 사냥을 금지시켰다.

괜히 소중한 전력을 아직 알 수 없는 안전지대 밖으로 보낼 수는 없었고 적들에게 우리의 전력을 알려주어선 안 된다는 생각이었기 때문이다.

최소한을 제외한 모든 몬스터 사체와 마정석을 국가와 기업으로부터 강제적으로 차출해 왔기에 차원전장에서 물건을 만드는데 무리는 없었다.

어차피 기업들도 제품을 생산해 봤자 그걸 사줄 사람들도 없었고 이곳이 무너지면 아무리 지구에 마정석을 쌓아두고 있어도 무의미했기에 모두 지후의 요구를 따를 수밖에 없었다.

단 지후도 약속을 했다.

승리를 한 뒤에 부산물이나 마정석이 모이면 모두 돌려주겠다고.

그랬기에 일말의 불만을 표시하는 사람들도 없었다.

어차피 척을 질 수 있는 사이도 아니었고 약속을 어기는 사람도 아니었기에.

어느덧 차원전장이 열린지 370일의 시간이 흘렀고 모든 작업은 끝났고 전 지구엔 축제가 열렸다.

5일이 흐르면 차원전장에선 전쟁이 벌어지기에.

그 승패가 인류의 생존이냐 최후냐가 걸려있었기에 지구촌에는 이틀간 축제가 열렸다.

마지막일지도 모를 그 시간이 모두에게 주어졌다.

하지만 폭동은 일어나지 않았다. 아니 일어날 수 없었다.

축제 자체를 즐기는 사람들, 가족들과의 마지막 시간을 보내는 사람들, 후회를 남기지 않기 위해 사랑하는 사람에게 고백을 하는 사람들, 사람들은 각자 다양한 방법으로 모두가 차원전쟁을 기다리며 축제를 보냈다.

374일째 밤.

지후의 스마트폰에 알림이 울렸다.

드디어 도전장이 지후에게 도착했다.

상대의 얼굴을 보자 지후의 표정이 살짝 일그러지고 있었다.

잘생겼다. 그것도 말로 표현이 힘들 만큼.

백인처럼 하얀 얼굴에 조각 같은 이목구비, 거기에 백금발의 찰랑이는 장발머리.

하지만 인간과 다른 점이 눈에 띄었다.

바로 귀가 뾰족했던 것이다. 아직 확신할 수는 없지만 판타지 소설에 등장하던 엘프가 아닌가 싶었다.

마족이나 드래곤도 상대해본 마당에 엘프라고 뭐 대단하겠는가?

그냥 너무나 외모가 뛰어나서 잠깐 짜증이 났을 뿐이다.

지후가 상념에 빠져서 도전자의 얼굴을 보고 있을 때 지후의 핸드폰이 울리며 영상통화가 걸려왔다.

그리고 액정을 보고는 고개를 저었다.

도무지 차원전장의 시스템은 이해를 할 수가 없었기 때문이다.

지후는 통화버튼을 누르고 화면을 바라봤다.

[안녕하신가? 나는 엘라인 제국의 황제인 라이너스다.]

"난 이지제국의 황제인 이지후다."

[그대의 수정구는 굉장히 좋은가 보군. 아주 선명해. 그대는 인간인가?]

"그렇다."

수정구? 얘네는 스마트폰이 아닌가 보네. 뭐 그건 차원 전장에서 알기 쉬운 방법으로 알려준다고 했으니 내 알바는 아니지.

[우리 엘프를 제외하고 이렇게 아름다운 인간은 처음이군.]

"그런 쓸모없는 소리를 하려고 연락했나? 내일이 전쟁인데 참 여유가 넘치는구만."

[하하하하. 그러고 보니 자네들은 이번 전쟁이 처음이더군. 정말 안타까워. 처음부터 우리 엘라인 제국을 만나다니. 미안하군.]

뺀질거리면서 말하는 엘라인 제국의 황제 라이너스의 얼굴에 침이라도 뱉어주고 싶은 기분이 드는 지후였다.

그리고 아쉬웠다.

눈앞에 있었다면 저 얼굴을 뭉개버렸을 텐데 당장은 화면이었으니 말이다.

"그렇게 미안해 할 필요는 없어. 나도 미리 미안하다고 전해주지. 전쟁이 끝나면 너희 엘라인 제국은 내 노예가 되어 있을 테니."

[재미있는 인간이군. 그런데 너희가 이길 가능성은 거의 제로에 가깝다는 걸 알고 있나? 나는 자네를 직접 지목한 게 아니야. 차원전장에선 첫 대전인 상대를 직접 지목하는 게 불가능 하거든. 나는 랜덤 매칭을 실행했고 아직 신은 내가 전쟁에서 패하는 것을 원하지 않는 것 같더군. 랜덤 매칭으로 처음 전장에 발을 들인 애송이들을 내 상대라고 붙여주다니. 그저 신의 가호가 우리 엘라인 제국을 비호하고 있다고 생각할 수밖에. 마지막으로 하나만 더 말해주지. 나는 지금까지 3승을 했다. 이게 무슨 의미인지 이해가 되나? 그러니 내일 쓸데없이 시간낭비 하지 말고 순순히 항복을 하는 게 어떻겠는가? 내 자네의 목만 취한 뒤 자네의 백성들은 중히 써줄 테니 말이야.]

빌어먹을…. 3승이라니… 시작부터 똥 밟았네.

"내일이 되면 그 뺀질거리는 면상을 뭉개주지."

[하하하. 꼭 쉬운 길을 두고 험난한 길을 택하는 것들이 있지.]

"내가 똥인지 된장인지 꼭 찍어봐야 아는 성격이라서."

지후는 그렇게 말한 뒤 통화종료버튼을 눌러 영상통화를 종료했다.

더 이상 할 대화도 없었고 당장이라도 저 뺀질거리는 얼굴에 한 대 치고 싶다는 생각이 들었기 때문이다.

이제 14시간 뒤에 오후 12시가 되면 전쟁이 시작된다.

모두에게 휴식을 명했지만 통화를 마친 지후의 앞에는 두 부인과 누나와 매형 그리고 윌슨이 있었다.

그리고 지후의 통화를 다 들었기에 그들의 인상은 펴지지 않고 있었다.

"형님…. 3승이라면… 그렇다면 그놈들은 고기방패… 아니 다른 종족들을…."

윌슨은 지후의 통화를 듣고는 당황했는지 횡설수설하며 말을 이었고 지후를 제외한 모두는 같은 심정의 표정이었다.

"미리 걱정하지 마. 그동안 흘린 땀을 생각해. 노력은 배신하지 않는다. 내가 너희를 그렇게 굴렸는데 고작 얼굴 말고 아무것도 없는 것들한테 질 생각을 하는 건 아니지? 딱 봐도 얼굴로 적들한테 미남계나 미인계를 써서 이긴 것 같은데."

말이 안 된다는 사실은 모두 알고 있다. 지후가 안심을 시키기 위해서 하는 말이라는 사실도.

"네…."

"쓸데없는 생각하지 말고 빨리 지수한테 가봐. 가서 네 아들도 좀 안아주고."

윌슨은 끄덕이며 자리에서 일어났고 누나와 매형도 방으로 돌아갔다.

지후는 아영과 소영을 평소보다 더욱 격렬하게 안아줬고 두 사람도 후회 없는 사랑을 나눴다.

마지막이 될지도 모르는 그 밤은 그렇게 깊어갔다.

오전 9시.

이제 3시간 뒤면 본격적인 전쟁이 시작된다.

지후의 부모님과 쌍둥이, 지수와 윌슨의 아들, 그리고 각 국가의 수장들은 지후와 인사를 나누고 출정식을 마친 뒤 모두 지구로 돌아갔다.

부모님과 쌍둥이와 지수는 눈물을 흘리며 마지막이 될지도 모를 포옹을 나눴다.

지후는 윌슨과 지수의 아들을 보며 저 아이에게 미래를 열어주고 싶다는 생각이 들었다.

그리고 이 전쟁을 끝낸다면 지후도 아이를 갖고 싶다는 생각이 들었다.

아직 백일도 안 된 핏덩인데 이목구비가 뚜렷한 게 크면 여자 꽤나 울릴 것 같았다.

뭐 엄마 아빠가 워낙 외모는 뛰어났으니까. 기본 유전자가 어디 가진 않겠지만 꼭 성격은 지수를 닮기를 간절히 기도했다.

열 곳의 게이트 앞은 부상자를 치료하기 위한 시설과 병사들이 언제라도 배불리 먹을 수 있는 음식들이 준비되고 있었다.

전쟁이 얼마나 걸릴 지도 몰랐고 그 곳은 정신이 없을 것 같았기에 돌아올 수 없는 지후를 제외한 대부분은 지구에서 식사와 잠을 청하기로 정해졌다.

음식들은 김이 모락모락 피어나며 온기가 가득했다.

자신들의 부모가, 혹은 자식이 전쟁터에서 싸우기에 모두가 마음을 담아 음식을 준비했다.

오후 12시를 알리는 알림 음이 들리자 차원전장에 천둥소리가 울리며 전쟁의 시작을 알렸다.

지후는 바로 하늘로 날아올라 적들의 진영을 살폈다.

50km가 떨어진 지점에 이지제국과는 10배정도의 차이가 되어 보이는 크기의 제국이 눈에 들어왔다.

그 곳에선 흙먼지를 일으키며 쏟아져 나오는 병력이 눈에 들어왔다.

'젠장…. 더럽게 많이도 나오네.'

그리고 한 가지 놓치고 있던 사실을 알 수 있었다.

엘라인 제국이 3승을 했다고 해서 노예 종족이 세 곳이 아니었다는 것을.

만약 내가 엘라인 제국을 이긴다면 엘라인 제국과 그들이 가지고 있던 모든 노예가 내 노예가 된다는 것이니까.

딱 봐도 엘라인 제국의 노예종족은 다섯은 되어 보였다.

지후는 하늘에서 내려온 뒤 한쪽 방향을 가리켰다.

그러자 드론들이 일제히 지후가 가리키는 방향을 향해 날아올랐다.

영상은 차원전장과 지구에 전송되기 시작했고 본격적인 전쟁의 서막이 올랐음을 알렸다.

"모두 들어라!"

지후가 사자후로 모두가 들을 수 있도록 쩌렁쩌렁한 목소리로 입을 열었다.

"나는 원하지 않았지만 너희들의 황제가 되었다. 원하지 않았지만 이 책임을 회피할 생각은 없다!

나는 너희들의 앞에서 싸우겠다. 이게 내가 가는 황제의 길이다. 내 등 뒤는 너희들에게 맡기겠다. 너희들은 너희 스스로를 믿어야 한다! 그 지독한 훈련을 견뎌낸 한명 한명이 우수한 전사라는 사실을 잊지 마라! 자부심을 갖고 가슴에 새겨라! 이제부터 우리의 함성이 차원전장에 울려 퍼질 것이다. 우리의 승리가 차원전장 전역에 소문날 것이다! 야만인이 되어도 좋고 비겁해도 좋다! 이곳에서 우리가 해야 할 건 오직 승리다! 치사한 것도 비겁한 것도 없다. 그것 또한 용기! 어떻게 해서든 승리하고 우리는 우리를 기다리고 있는 가족의 곁으로 돌아간다! 나를, 아니 우리 모두를 기다리는 누군가에게 통곡의 눈물이 아닌 기쁨의 눈물을 선물하고 싶다. 난 지구촌에 희망을 미래를 선물할 것이다. 그것이 악마가 되는 길이라도, 누군가의 절규를 짓밟고 가야 하는 길이라도 나는 갈 것이다. 그건 다른 별의 사정. 나는 이 순간부터 우리 지구인이 아닌 모두를 도륙할 것이다. 가자! 도륙의 시간이다!"

와아아아아아아!

전장엔 엄청난 함성이 울려 퍼졌고 지후의 말이 끝남과 동시에 영상을 보던 지구에서도 전역에서 엄청난 함성이 울려 퍼졌다.

누군가는 자신의 부모가 돌아오기를 기도하고, 누군가는 자신의 자식이 돌아오기를 기도하고, 누군가는 자신의 연인이 돌아오기를 기도하며 목 놓아 함성을 질렀다.

◇

모두가 분주하게 움직였다.

탱크와 장갑차들은 우렁찬 엔진소리를 뿜내며 전장을 향해 진군했고 그 뒤를 파워슈트를 입은 군인들이 뒤따랐다.

헌터들은 2인 1조로 오토바이에 올라타 움직이며 전방을 주시했다.

지후는 하늘에서 적들의 위치를 파악했기에 일직선의 공성전이라는 사실을 알았다.

하지만 만약을 대비해 드론들로 계속 전장을 정찰시키며 전방을 바라봤고 네 곳의 성벽을 모두 지킬 필요는 없었기에 최소한의 인원과 무기만을 배치한 뒤 모든 포문을 적들이 몰려오는 동문으로 돌렸다.

지후는 2km 정도밖에 진군을 하지 않았다.

적의 전력을 모른 채 무차별적으로 전면전을 펼쳐서 피해를 입을 생각은 없었기에.

한명이라도 더 살려야 하는 게 자신의 사명이었기에.

지후는 다시 한 번 하늘로 날아올랐고 정말 끝도 없이 밀려오는 적들을 보며 혀를 차며 적들의 성벽을 향해 눈을 돌렸다.

눈에 약간의 내공을 주입하자 50km의 거리가 무색하게도 선명하게 적들의 진영이 눈에 들어왔고 적들의 성벽엔 태연하게 앉아서 시녀들에게 부채질을 받으며 차를 마시고 있는 라이너스 황제가 눈에 들어왔다.

자신을 바라보고 있는 지후의 기운을 느낀 건지 라이너스 황제는 지후를 마주 봤다.

서로가 서로를 봤다는 사실에 조금 놀라긴 했지만 이곳은 차원전장이기에 능력이 없는 자들이 올 수 없는 곳이었고 그 생각이 들자 서로를 다시 봤다.

라이너스 황제는 비웃음 가득한 표정으로 지후를 바라보며 찻잔을 들어 올리며 건배를 하는 시늉을 했고 명백한 무시에 지후는 라이너스에게 인사를 보냈다.

순간 지후의 주위로 찬란한 황금빛을 발산하는 강기와

심검들이 빛났고 지후는 가차 없이 밀려드는 적들을 향해 손짓을 했다.

하늘을 가득 매운 황금빛이 적들에게 쏟아지며 폭사했고 적들은 진군을 멈춘 채 비명을 질렀다.

라이너스는 자신의 성벽으로도 공격이 쏟아지자 코웃음을 쳤지만 느껴지는 기운에 다급하게 자리를 뜨며 지후의 공격을 피해냈다.

이지 제국의 황제이자 검은 갑옷에 금테를 두른 소울아머의 주인인 지후의 모습은 차원전장에 본격적으로 발을 내딛었고 그 모습은 적들에게는 마치 악마의 강림이었다. 오늘따라 지후의 검은 갑옷은 끝을 모를 어둠이 감싸 안고 있는 것 같았고 금빛테두리는 더욱 찬란하게 빛났다.

지후의 공격에 적들은 혼비백산에 빠졌고 라이너스황제 또한 노발대발하며 먼지를 털며 성벽을 벗어났다.

"감히…. 나에게 이런 공격으로 인사를 해? 오냐! 어제 말한 것처럼 자신만만할만한 실력은 있구나. 하지만 차원전장은 개인의 무력이 전부가 아니지. 내 특별히 너에게 죽음으로 교훈을 주마."

라이너스 황제는 이를 갈며 어느새 새하얀 갑주를 걸친 채 백마에 올라탄 채로 성벽을 나서고 있었다.

"모두 들어라! 오늘 저 적들을 모두 도륙해라! 저 놈들은 노예로서의 가치도 없는 미개한 것들이다. 저 미개한 놈들을 열 명이상 죽인 자들은 노예의 굴레를 벗게 해주도록 하겠다. 또한! 적의 황제의 수급을 가지고 오는 자에겐 황금과 영지를 하사하겠다!"

노예들에게 평민이 될 수 있다는 사실과 누구에게든 영지를 내린다는 라이너스 황제의 말에 적들은 지후의 공격에도 아랑곳하지 않고 다시 진군을 시작했다.

성벽 안에 있던 적들까지 지후의 공격으로 성을 나와 이지제국을 향해 진군을 시작했고 이제는 오직 전면전이었다.

이지제국보다 몇 배는 많아 보이는 병력들이 진격을 시작했고 드론으로 상황을 보던 지휘관들은 모두 진군을 멈춘 채 포격 준비에 들어갔다.

"전원 조준!"

순간 이지제국의 탱크와 미사일들이 분주한 소리를 내며 적들을 조준했고 발사명령만을 기다렸다.

난전이 되면 미사일을 퍼부을 수도 탱크의 화포도 사용할 수가 없었기에 접근을 하기 전 이지제국의 모든 화력을 쏟아 붓기로 결론이 나와 있었고 명령이 떨어지자 일제히 불꽃을 뿜으며 적들에게 쏘아져 나갔다.

"발사!"

명령이 떨어지자 불꽃을 뿜으며 쉬지 않고 미사일과 포탄들을 쏘아내는 소리가 들렸지만 이상하게도 적진에선 미사일의 폭발소리도 들리지 않았고 불길도 보이지 않았다.

"저거 테럴족들 공격이랑 비슷한 것 같은데요?"

테럴족들은 지금 적들과 비슷한 무기체계를 갖추고 있는 종족이었고 사냥 중에 종종 마주쳐 봤기에 날아오는 미사일을 보고도 진군의 속도는 줄지 않았다.

"그래? 그럼 생각보다도 별것 아닌 놈들인가?"

"그래도 아까 공격은 꽤 위협적이었습니다."

"마법사들은 저 공격을 막아라!"

"아이스 월!"

"어스 월!"

"아이스 미사일!"

순식간에 엄청난 수의 마법사들이 마법으로 미사일과 포탄들을 얼렸고 놓친 것들은 갑자기 솟아난 땅이 방패가 되어 막아내고 있었다.

아까 지후의 공격은 방심했기에 어쩔 수 없이 당했었던 것이다.

처음 전쟁을 하는 것들이라고 해서 잠시 방심을 했기에 공격을 허용했을 뿐. 지금처럼 대비를 하고 있다면 못 막을 공격이 아니었다.

그랬기에 적들은 미사일과 포탄들을 대부분 막아냈다.

지금은 노예가 되어 고기방패라고 해도 그들은 다들 파괴자와의 전쟁에서 승리하고 차원전장에 발을 디뎠던 문명들이었기에 누구도 결코 약하지 않았다.

드론으로 모든 것이 중계되고 있었기에 사기가 떨어지고 긴장감이 감돌았지만 이미 물러설 수 없는 전쟁이었기에 모두 무기를 고쳐 잡으며 이마에 흐르는 땀방울을 닦아냈다.

드론이 보내주는 영상에 보이는 노예들은 다섯 종족으로 예상되었다.

오크, 드워프, 인간, 그리고 인간과 비슷하지만 몸 전체가 푸른색인 종족, 백인보다도 하얘 보이는 종족.

그리고 그들의 뒤쪽으론 엘라인 제국의 엘프들이 고고하게 말을 탄 채로 진격하고 있었다.

"저 마법사들을 요격해라. 저격수들은 모두 마법사를 공격해! 원거리 공격을 모두 마법사에게 쏟아 붓는다!"

"네!"

미사일과 포탄들을 막아내는 마법사들을 잡지 못하면 더 이상 폭격이 무의미했기에 모두 앞에서 미사일을 막는 마법사들을 죽이기 위해 필사적으로 공격을 퍼부었다.

그렇지만 적들은 녹록치 않았고 차원전장에 괜히 있는 게 아니었다.

마법사들에게 오는 공격을 막기 위해 하얀 얼굴들과 파란 몸을 가진 전사들이 마법사를 보호하며 앞을 막았다.

하지만 지후가 합세해서 하늘에서 황금빛 검강의 폭우를 쏟아내자 미사일과 포탄들이 적진에 들어가기 시작했다.

지후의 공격도 막히고 있기는 했지만 50프로 정도는 들어가기 시작했고 지후는 소울아머에 차오르는 영혼력을 느끼며 더욱 거센 검강의 폭우를 쏟아 부었다.

적진에 불꽃이 피어나고 폭음소리를 듣자 떨어지려던 사기도 다시 올라가고 있었지만 적들은 진군을 멈추지 않았고 본격적인 공격이 날아왔다.

일부러 선제공격은 맞아줬다는 듯이 하늘에선 마법공격과 돌덩이들이 날아왔다.

재빨리 스킬과 미사일들이 요격에 나섰지만 적들의 공격도 먹혀들기 시작했고 양쪽엔 전쟁의 불꽃이 피어올랐다.

아마 한쪽의 불꽃이 꺼지지 않는 한 이 전쟁은 끝이 나지 않을 것이다.

한 쪽의 불꽃이 꺼져야 비로서 끝이 날 전쟁이 본격적으로 시작 됐고 곳곳에선 비명소리가 들리기 시작했다.

포격을 무시한 채 적들은 접근했고 140cm 정도의 작은 키, 우락부락한 근육질에 덥수룩한 수염으로 가득한 드워프들은 도끼를 쳐들며 순식간에 밀고 들어왔다.

"죽여라! 저놈들을 죽이고 우리는 노예에서 해방된다!"

"와아아아!"

드워프들은 기합을 내지르며 도끼를 휘두르며 순식간에 진영을 와해시키며 돌격하고 있었다.

정면보다는 측면으로 치고 들어온 공격이었기에 지후와
는 거리가 있었고 지후는 그곳으로 가려고 했지만 수혁에
의해 지후는 그곳으로 가지 않았다.

"제가 막겠습니다. 폐하."

수혁은 도끼를 늘어뜨린 채 지후가 가려던 곳을 바라보
며 지후에게 말을 했고 지후는 당장 폭격을 멈출 수는 없었
기에 알았다고 할 수밖에 없었다.

"매형…. 부탁해."

"예 폐하!"

수혁은 지후에게 폐하라는 말을 꼬박꼬박 했다.

이곳은 전쟁터였기에. 그는 부인의 동생이 아닌 지구의
운명을 짊어지고 있는 황제였으니까.

수혁은 드워프들이 밀고 들어오는 좌측 숲으로 향했고
우측에 밀고 들어오는 오크들을 막기 위해 윌슨과 지후의
두 부인이 나섰다.

그리고 이제 코앞까지 쳐들어 온 적들로 인해서 더 이상
의 폭격은 의미가 없었고 지후도 검강의 비를 멈추며 입을
열었다.

"모두 진영을 갖춰라! 그리고 겁먹지 마라. 너희는 자랑
스러운 이지제국의 정예병사 들이다. 꼭 살아서 미래를 개
척하자! 난 너희들과 함께하는 미래를 살고 싶다."

푸른 몸에 문신이 가득한 영화 아바X에 나오던 종족과

비슷한 모습을 한 종족들은 칼을 휘두르며 코앞으로 밀고 들어왔고 그 옆에는 중세시대 기사가 연상되는 풀 플레이트 메일을 입은 기사들과 그 뒤론 마법사들이 마법을 난사하며 달려 들어왔다.

본격적으로 난타전이 시작됐고 총성과 비명이 쉼 없이 울려 퍼졌다.

수만에 달하는 이지제국의 병사들이 입술을 잘근 깨물며 적을 향해 창과 검을 들고 달려들었고 파워슈트를 입은 병사들은 쉬지 않고 불꽃을 뿜어냈다.

순식간에 뒤엉켰고 방패로 막고 그 틈을 찌르며 서로를 죽여나갔다.

"쏴라!"

"멈추지 마!"

"계속 쏴!"

"여기서 밀리면 우리 가족은 끝이야!"

"난 내 딸에게 미래를 줄거야아아아아!"

타다다다다다탕!

파워슈트를 입은 군인들은 쉼 없이 적들을 조준하며 총을 쏘아 보냈고 적들은 마법과 화살을 날려 보냈다.

콰앙!

"진영을 사수하라!"

수혁은 아군에게 소리치며 본격적으로 그라비티 베틀

엑스를 휘두르며 전장에 투신했다.

수혁의 베틀엑스가 한 번씩 휘둘러 질 때마다 드워프들 두 세 명이 순식간에 이등분 되었다.

수혁의 공격에 목숨을 건졌다 한들 드워프들의 움직임은 느려졌고 그 틈을 지금은 내성수비대지만 한때는 미라클 길드원이었던 헌터들이 뒤를 받쳤다.

이미 함께 수많은 레이드를 했었던 동료들이었기에 눈빛 만으로도 서로가 뭘 하려는 지 알 수 있었고 순식간에 적들 을 도륙하며 드워프들의 피로 갑옷을 물들였다.

하지만 수혁의 도륙도 그리 오래가지 못했다.

지구에도 강자와 약자가 있듯이 수혁이 도륙하던 드워프 들은 어린 드워프들이었고 뒤쪽에 있던 장년 드워프들이 도착하자 전장은 어느새 팽팽해졌다.

아니, 수혁이 밀리기 시작했다.

캉! 캉! 카아앙!

수혁의 베틀엑스와 드워프의 베틀엑스가 불꽃을 튀기며 격돌했고 누구하나 물러섬이 없었다.

"나는 단탈루안 산맥의 갈색부족의 족장인 노루안이다. 비록 아버지가 패해서 노예가 되어 차원전장을 누비게 됐지 만 긍지 높은 갈색부족의 족장이다! 베틀엑스를 그만큼이나 다루는 인간이라니 정말 감탄을 하지 않을 수가 없군. 적으 로 만났지만 그대를 존중한다. 인간 그대의 이름은 뭐지?"

수혁의 베틀엑스 실력에 족장은 반해버렸고 베틀엑스를
다루기에 죽이기 전 이름이 궁금했다.

"한수혁. 너를 죽일 인간이다."

"하하하하하. 전쟁에서는 강한 자가 살아남은 법이지.
한수혁. 그대가 나보다 강하다면 그대가 살아남을 테고 아
니라면 그대가 내 손에 죽겠지."

수혁은 고개를 끄덕였고 이건 전쟁이었기에 더 이상 대
화는 필요 없었다.

둘은 서로를 죽일 듯이 베틀엑스를 휘둘렀다.

콰아아앙!

◇

콰아아앙!

수혁과 노루안의 베틀엑스가 충돌하자 엄청난 소리와 충
격파가 발산되었다.

둘은 죽일 듯이 재차 베틀엑스를 휘둘렀다.

아니 죽이기 위해 휘둘렀다.

차원전장은 그런 곳이었으니까.

수혁은 노루안의 무식한 힘에 이를 악물며 응수했다.

방어는 없었다. 공격엔 공격을!

수혁과 노루안은 둘 다 공격일변도를 취하며 한 치의

양보도 없었다.

"정말 대단하군. 보기보다 훨씬 대단해. 내 공격을 이렇게 받아내는 인간이 있을 줄이야."

눈은 서로의 베틀엑스를 마주한 채 대화를 나누고 있었다.

수혁은 노루안을 내려다보며 위에서 아래로 베틀엑스에 체중을 실고 있었지만 노루안은 드워프답게 엄청난 힘으로 수혁을 올려다보며 내려찍고 있는 베틀엑스를 버텨내고 있었다.

"넌 진짜 힘만 센 무식한 새끼구나."

순간 수혁의 도발적인 언행에 노루안의 눈썹이 씰룩였다.

수혁은 그 틈을 놓치지 않고 도발을 이어갔다.

"아 취소, 내가 말이 심했어. 넌 무식하고 힘만 센 난쟁이 똥자루야."

"뭐… 뭐라고?"

자신이 전사로 인정한 상대가 저런 막말을 할 리가 없었다. 자신이 잘못 들었다고 생각을 하는 노루안이었다.

"못 들었어? 아~ 넌 귀가 너무 아래에 있구나. 내가 너 같은 난쟁이 똥자루를 볼 일이 없다보니까 대화의 눈높이를 맞추기 쉽지가 않네."

수혁은 더 이상 점잖게 상대를 존중하며 싸우는 스타일이 아니었다.

지후와 지옥훈련을 통해 상대를 도발하고 이성을 잃게 만드는 것을 집중적으로 마스터한 그였다.

"뭐 뭐 난쟁이 똥자루? 우리 드워프는 난쟁이가 아니다! 너희들과 조금 다를 뿐이다! 조금 작을 뿐이다!"

"좆만이가 합리화시키기는."

"조… 좆만이…."

차원전쟁은 그 뜻과 의미까지 상대에게 확실히 전달이 되었기에 수혁과 마주한 노루안의 베틀엑스가 심하게 떨렸다.

"나는 전사로서의 예의를 다했거늘…."

노루안은 수혁을 째려보며 이젠 베틀엑스뿐만이 아니라 몸도 조금씩 부르르 떨었다.

"누가 그러래? 어디서 눈을 부라려! 지금 나랑 눈싸움하자는 거야? 눈깔의 먹물을 확 뽑아 버릴까보다~"

수혁은 이상하게도 말을 하면 할수록 스트레스가 풀리는 기분을 느꼈다.

지후에게 도발의 중요성에 대해서 배웠지만 딱히 도발을 할 상황이 오지는 않았었기에 제대로 된 도발은 오늘 처음 해보는 것이었고 처음 해본 도발의 맛에 중독성을 느끼고 있었다.

그리고 자신이 도발을 하며 막말을 내뱉으면서 희열을 느끼는 이유를 조금이나마 알 수 있었다.

어려운 매제와…. 언제나 무섭고 철없고 두려운 마누라….

'당신이 철없는 마누라를 데리고 사는 내 심정을 알아! 언제 말실수를 할까 가슴조리며 살아봤어? 이래서 매제가 할 말다하고 사는 건가? 정말 속이 뻥 뚫리네.'

"이, 이노옴!"

순간 이성을 잃은 듯한 베틀엑스가 수혁의 허리를 이등 분할 기세로 베어왔고 수혁은 간신히 피했다.

도발을 하는 것까진 좋았지만 수혁은 도발을 하며 그 맛에 취해 자신도 냉정을 잃었던 것이다.

다행히도 수혁은 바로 이성을 회복했고 본래의 자신으로 돌아갔다.

'아차~ 내가 지금 쓸데없는 생각까지 할 때가 아니지. 이제 저놈을 적당히 긁으면서 요리만 하면 되겠네.'

수혁은 계속 노루안을 살살 약 올렸고 노루안은 이성을 잃고 날카로움을 잃은 베틀엑스를 휘둘렀다.

오로지 살기만이 담겨있는 베틀엑스에 위협을 받을 정도로 수혁은 지후에게 훈훈한 훈련을 받지는 않았기에 가볍게 보법으로 피해내며 공격을 이었다.

"짧은 다리로 아장아장 애를 쓰는구나."

"이 이놈! 내 너를 전사로 대우해 줬거늘. 옛말에 베틀엑스를 제대로 휘두르는 자 치고 나쁜 사람은 없다고 했었는데….”

“네 놈 선조들이 전부 구라쟁인가 보지.”

수혁은 도발을 멈추지 않았고 노루안은 이제 선조들이 뭔가를 잘못 알고 있었다며 혼잣말까지 중얼거리고 있었다.

노루안의 공격은 한방 한방이 치명타라고 할 수 있을 정도로 강하고 힘이 넘쳤지만 수혁은 지후에게 지옥훈련 이전에 보법을 훈련받은 사람 중 하나였다.

수혁은 보법을 이용해 노루안의 공격을 손쉽게 피해냈고 리치를 이용해서 아웃복서마냥 베틀엑스를 휘두르며 노루안의 성질을 긁었다.

수혁의 모습을 보고는 모두 거리를 벌리며 싸우기 시작했고 드워프들은 얼굴이 붉어진 채 전장에서 고래고래 소리를 지르며 무기를 휘둘렀다.

물론 지옥훈련을 받은 헌터들에게 그 공격을 피하는 건 어렵진 않았다.

아무리 위협적인 공격도 맞지만 않으면 되니까. 다들 요리조리 피하며 조금씩 상처를 늘리는 공격을 했고 오히려 그런 공격에 이성을 잃은 드워프들의 진영이 와해되었다.

성질이 급한 드워프들은 전열을 이탈해서 무기를 휘둘렀고 그런 드워프들은 바로 바로 저격되어 쓰러졌다.

이미 날아오는 저격을 막을 정도의 이성이 없는 상태였고 드워프들은 저격을 막지 못하고 쓰러져 갔다.

콰아앙!

노루안과 수혁의 격돌의 충격파에 주변의 나무들이 뿌리째 뽑혀나갔다.

수혁은 여전히 야금야금 공격을 했고 노루안은 점점 자신의 몸이 이상함을 느끼고 있었다.

그렇게 상처가 심하지도 않았고 오랜 전투를 치른 것도 아니었는데 몸은 점점 무거워졌고 자신의 뜻대로 움직이지 않았다.

"이… 이놈! 전사의 전투에 대체 무슨 짓을 한 거냐! 내 몸에 무슨 짓을 한 것이냐! 네 놈은 독을 쓴 것이냐! 내 너를 전사라고 생각했거늘."

노루안은 수혁이 독을 썼다고 믿었지만 수혁의 대답에 자신이 틀렸다는 사실을 알 수 있었다.

"독은 무슨. 너 따위를 상대로 독까지 쓸 필요가 있을까? 이건 그냥 나의 권능이다. 네 놈을 때릴수록 너에게 중력을 가하는 마법이라고나 할까?"

그렇게 말하며 수혁은 노루안의 옆에서 베틀엑스를 휘둘렀고 노루안은 처음으로 공격이 아닌 방어로 수혁의 공격을 막았다.

까아앙!

"크윽…."

노루안은 수혁의 공격을 막으며 몸이 너무나 무거운 것을 느끼며 옅은 신음을 내뱉었다.

하지만 자신의 얼굴로 날아오는 그림자로 인해서 빠르게 바닥을 굴러야 했다.

갑작스럽게 보였던 그림자는 수혁의 발이었고 노루안의 뺨은 수혁이 갑작스럽게 찬 발차기를 완벽하게 피하지 못해 살짝 쓸려있었다.

몸을 날려 바닥을 굴렀건만 공격도 완벽하게 피해내지 못한 노루안은 자존심이 너무나 상해서 머리끝까지 화가 차오름을 느꼈다.

"이노옴!"

노루안은 사자후를 토하듯 기합을 토해내며 수혁에게 달려들며 점프했다.

엄청난 기합과 함께 점프했지만 노루안은 땅에서 50cm를 채 뛰지 못했고 땅에서 노루안을 무척이나 사랑하는 듯 노루안은 1초도 채공시간을 갖지 못한 채 수혁에게 닿지도 못하고 바닥으로 떨어졌다.

수혁의 중력으로 인해서 노루안은 채면을 구기며 서커스를 하는 것 마냥 이상한 모양새가 되었고 수혁은 노루안이 당황하는 그 틈에 베틀엑스를 땅에서부터 하늘로 골프공을 스윙하듯 올려쳤다.

노르안은 두 눈을 부릅뜬 채 복부에서부터 어깨까지 사선으로 베어진 채 허공에 선혈을 뿌리며 뒤로 나뒹굴었다.

쿠우웅!

중력의 영향인지 묵직하게 흙먼지를 일으키며 노루안은 뒤로 쓰러졌다.

수혁은 노루안을 단숨에 죽인다는 마음으로 베틀엑스를 휘둘렀건만 노루안은 치명상은 입었어도 죽지는 않았는지 바닥에 베틀엑스를 짚으며 꾸역꾸역 일어났다.

이곳은 전쟁터다.

적에 대한 예우를 하는 틈에도 아군이 비명을 지르며 쓰러지고 있었기에 노루안이 일어서는 것을 기다려줄 여유는 없었고 수혁은 노루안을 향해 단숨에 베틀엑스를 내려찍었다.

유언조차 남기지 못한 채 노루안은 수혁이 내려찍은 베틀엑스에 세로로 이등분이 된 채 피분수를 뿜으며 쓰러졌다.

이게 전쟁이다. 죽이지 못하면 죽어야 하는 비정함만이 가득 한.

"세상에…."

"말도 안 돼…."

드워프들은 자신들의 족장이 제대로 싸워보지도 못한 채 죽어버리자 믿을 수 없다는 반응이었고 사기는 바닥으로 떨어졌다.

반면 수혁의 모습을 본 이지제국군은 사기가 올랐고 함성을 내지르며 드워프들을 도륙해 나갔다.

"커억."

"크윽…."

"으악!"

전장엔 드워프와 이지제국군의 비명과 기합소리가 요란하게 오갔다.

수혁은 다시 돌아다니며 양념치기에 집중했고 전세는 빠르게 넘어오고 있었다.

수혁이 가장 골칫거리라는 사실을 눈치 챈 드워프들은 수혁에게 공격을 집중했다.

아무리 수혁이 보법으로 빠르게 움직이지만 드워프들이 필사의 각오로 사방을 막은 채 수혁만을 노리자 수혁도 공격을 허용할 수밖에 없었다.

콰앙~!

"커억!"

수혁의 등에 드워프의 철퇴가 정통으로 내리쳐졌고 수혁은 신음소리를 흘리며 바닥을 굴렀다.

일어서려는 찰나 바로 이어진 해머 공격에 수혁은 베틀엑스의 옆면으로 간신히 막았지만 몸이 공중으로 뜬 채 날아가고 있었다.

느리지만 파워 만큼은 압권이었고 그들도 차원전장까지 온 전사들이었기에 수혁 혼자서 고립된 채로 싸울 상대가 아니었다.

수혁은 등으로 착지를 했고 철퇴를 맞았던 자리에서 통증이 올라왔다.

"젠장."

수혁은 바로 일어나서 이어지는 공격들을 피해내며 공방을 펼쳤다.

하지만 수혁의 공격은 번번히 막혔고 사방에서 수혁을 죽이려는 공격들은 엄청난 파공성을 일으키며 수혁의 등줄기를 적셔갔다.

"쉬이익!"

"파아아앙!"

"콰아아앙!"

수혁은 간신히 자신을 내려찍는 해머를 피했고 해머가 내려쳐진 자리에는 움푹 파인 크레이터가 생겨 있었다.

그것을 보자 점점 긴장감이 수혁의 몸을 짓누르기 시작했다.

등에서 느껴지는 통증은 점점 심해졌고 몸은 점점 무거워져만 갔다.

결국 드워프들에게 둘러싸였고 이제는 피할 틈조차 없었다.

지현은 오늘 비로소 만개한 꽃처럼 힐러로서 대활약 중이었다.

지금은 잊혀 졌지만 과거 별명이던 성녀의 재림이란 말이 아군들에게서 조금씩 흘러나왔다.

지후의 하드캐리로 인해 지현도 강제로 몇 단계의 레벨업을 할 수밖에 없었고, 지금은 보법을 펼치며 종횡무진 전장을 누비며 아군들에게 힐을 넣어주는 중이었다.

어지간한 상처는 지현의 힐 한방에 모두 치료가 되었고 생사가 오가는 상처를 입은 사람들은 지현이 상위 스킬로 치료하자 금세 누워있던 자리에서 일어날 수 있었다.

지현은 이제 죽지만 않으면 누구든 살릴 수 있을 만큼 힐러로서 대성을 한 상태였다.

드워프들은 죽었다고 생각한 적들이 좀비처럼 일어나자 점점 질리기 시작했다.

대체 얼마나 대단한 사제가 적들에게 있기에 이토록 꾸역꾸역 살려서 돌려보내는지 미칠 지경이었다.

지현은 전장을 누비다가 한 쪽으로 눈길을 돌렸고 그곳에는 드워프들에게 둘러싸인채 미친 듯이 베틀엑스를 휘두르고 있는 수혁이 보였다.

지현은 수혁의 몸을 단숨에 으깨버릴 것 같은 해머가 등 뒤를 노리는 것이 보였고 바로 수혁에게 스킬을 시전 했다.

"실드!"

수혁은 더는 피할 틈이 없어 죽음을 예감할 수밖에 없었다.

지현과 수많은 사람들의 얼굴이 떠올랐고 이왕 죽는다면 최대한 많은 적을 데리고 가야 한다는 생각이 들었다.

수혁은 한쪽 방향을 향해 미친 듯이 베틀엑스를 휘둘렀고 그 순간 등 뒤로 느껴지는 해머의 기척에 죽음을 예감했다.

"실드!"

응? 실드라고?

카아아앙!

수혁은 자신을 막고 있는 투명막이 해머에 의해 출렁이는 것이 보였고 등 뒤를 보자 지현이 뛰어 오는 것이 보였다.

"오빠! 정신 똑바로 안 차려! 누굴 과부로 만들려고 해! 아무리 오빠가 밤에 쓸모가 없어도 없는 것보단 낫다고!"

고마워야 하는데 고마워하는 게 맞는 건가 의문이 강하게 들었다.

밤에 욕먹다 죽는 것보다 그냥 이대로 저 해머에 죽었으면 하는 생각이 잠깐 스쳤지만 지현의 힐이 전신을 훑고 지나가자 등에서 느껴지던 통증이 순식간에 사라졌다.

죽음을 생각하다가 살았다는 생각이 들어서인지 긴장감까지 통증과 함께 사라지며 수혁은 기운이 샘솟았다.

차원전장의 곳곳엔 엄청난 폭음소리와 비명소리가 함께 어우러져 고통을 토해내고 있었고 병장기의 부딪치는 소리가 음악을 연주하는 것 마냥 울리고 있었다.

전신이 푸른색으로 이루어진 나스크 족과 윌슨이 본격적으로 격돌하고 있었다.

나스크 족들의 주술사들은 주로 물을 다뤘고 전사들은 창과 쌍검을 주로 들고 있었다.

불을 주공격으로 사용하는 윌슨과 물을 주로 다루는 나스크 족은 서로가 상극이었고 그들이 격돌할 때마다 뿌연 안개가 전장에 생성되고 있었다.

윌슨은 계속 우산으로 불꽃을 쏘아내고 있었고 나스크 족들은 눈앞을 가린 안개로 인해서 전투가 점점 불편해지고 있었다.

반면 아군들은 파워슈트를 적외선 모드로 변경한 뒤 안개가 생성되기 전과 전혀 차이가 없는 움직임으로 전투를 이어갔다.

"흐아압!"

"팡!"

윌슨은 자신을 찔러오는 창을 우산을 펼치며 막아냈고 오히려 창을 찌른 적이 우산에서 뿜어진 불꽃에 놀라 뒤로 빠르게 뒷걸음질 치며 피했다.

나스크 족의 움직임은 야생에 가까웠고 빠르고 힘이 있었다.

다만 개개인이 뛰어난 것에 비해서 협동이 전혀 안되는지 공격을 따로 해왔다.

나스크 족은 원래 개인성향이 강한 종족이었고 그나마 그들을 한데 모아서 이끌던 족장이 엘라인 제국의 엘프들에게 패하자 모두 노예가 되면서부터 그 개인성향이 더욱 짙어졌다.

그들은 본인의 능력만을 믿었기에 공격의 연계가 전혀 되지 않았고 주술사와 전사들의 협력이 되지 않아 오합지졸이었다.

하지만 개개인의 능력이 워낙 뛰어나니 쉬운 상대는 아니었다.

애초에 쉬운 적이 차원전장에 있을 리가 없다는 사실을 철저하게 교육받았기에 이지제국의 병사들은 긴장의 끈을 놓지 않고 공격을 이어갔다.

"윌슨! 안개를 좀 더 만들어! 넌 주술사들의 공격을 우산으로 막는 것에 집중해!"

"예이 예이~ 황후마마의 명을 받들겠습니다~"

윌슨은 아영의 말에 날아오는 물줄기들을 우산을 펼쳐서 막으며 전장을 뛰어 다녔다.

안개가 짙어질수록 이지제국군의 공격이 적중되나 싶었지만 나스크 족은 물의 부족이라고 불릴 정도로 물과 친화력이 높았다.

그랬기에 안개의 수분을 느끼며 호흡을 하기 시작했고 그들은 안개 속에서 더욱 큰 힘을 내기 시작했다.

전투력은 높아졌지만 앞이 제대로 보이지 않는다는 단점은 여전했고 모두 원거리에서 공격을 하기 시작했다.

"적들과 붙지 마라! 떨어져서 싸워!"

타다다당!

파워슈트를 입고 있는 군인들의 총구에선 불꽃이 쉬지 않고 쏘아져 나가고 있었고 적들은 제대로 방어가 되지 않고 있었다.

개인성향이 강하듯이 나스크 족들은 불리함을 느끼자 전진을 멈추고 나무의 뒤로 몸을 숨기기 시작했다.

그 순간 나스크 족의 대 주술사이자 장로인 슈피라는 나무 지팡이를 휘두르며 주술을 읊었다.

그러자 소용돌이가 몰아치기 시작했고 안개는 순식간에 사라졌다.

"뭣들 하는 것이냐! 나스크 족의 전사와 주술사라는 것들이 저 정도의 적에게 밀리다니. 스스로에게 부끄럽지도 않느냐!"

주술사라는 사실이 무색하게 우락부락한 근육질의 몸을

갖고 있는 장로는 순식간에 호통을 치며 분위기를 반전시켰다.

안개가 사라지자 자존심에 상처를 입은 나스크 족의 전사들은 분하다는 듯이 일제히 이지 제국군을 향해 달려왔다.

하지만 그들은 제대로 진격을 할 수가 없었다.

그 쪽에 슈피라는 장로가 있듯이 이곳에는 소영이 있었다.

"라이트닝!"

소영의 검에서 뇌전이 번쩍이며 달려오던 나스크 족을 덮쳤다.

안개로 인해 몸에 물기가 가득했기에 소영의 공격은 평소보다 2배 이상의 효과를 보이고 있었다.

타다다당!

나스크 족들이 소영의 뇌전으로 인해 멈칫하는 순간 바로 총구에선 불꽃이 일어났고 나스크 족들은 뇌전에 감전되어 제대로 된 대응을 하지 못했다.

슈피라 장로는 소영을 보고 이를 갈며 주술을 외웠고 소영을 향해 물의 창이 쏟아져 내렸다.

윌슨은 소영의 앞으로 달려가 우산을 펼쳐 물의 창들을 막아냈다.

물과 불이 만나자 다시 주변엔 안개에 휩싸였고 장로의 공격이 워낙 강력한 공격이었기에 안개는 아가와는 비교할 수 없을 정도로 짙었다.

"윈드 에로우! 백 중첩!"

슈피라 장로는 안개를 걷어내기 위한 주문을 외우고 있었고 주문을 시전하려는 찰나에 안개 속을 뚫고 날아온 화살에 미간이 꿰뚫리고 말았다.

아영은 장로의 속마음을 읽었고 그 순간 자신의 활을 조준해 슈피라 장로를 처리했다.

세 사람의 연개는 하루 이틀이 아니었기에 그 호흡은 오늘따라 더욱 빛났다.

특히 아영과 소영은 역시 한 침대를 사용하는 사이여서 그런지 서로가 어떤 행동을 할지 미리 알고 위험한 상황마다 대처를 해주었다.

나스크 족은 마음속으로 후퇴를 하고 싶어도 후퇴를 할 수 없었다.

그들은 노예였고 그들의 주인은 공격을 명했다.

뇌리에 박힌 명령은 육체에게 전진만을 명령했고 나스크 족은 피를 흘리며 쓰러지면서도 계속 진군을 할 수밖에 없었다.

후퇴가 없는 전진만이 있는 공격에 잘 싸우던 이지제국의 병사들도 조금씩 밀리고 있었다.

여전히 그들은 협동 따위는 개나 주라는 듯이 개개인이 전투를 하고 있었지만 그 능력이 너무나 뛰어났다.

한 시간 정도가 흘렀을까?

이곳엔 적과 아군이 흘린 피가 흥건한 웅덩이들을 형성하고 있었다.

윌슨의 갑옷도 어느새 멀쩡한 곳을 찾기가 힘들 정도로 곳곳이 찌그러져 있었다.

지구에서는 다섯 손가락 안에 드는 헌터인 윌슨의 갑옷이 저렇게 누더기가 된 것이 보여주듯 나스크 족은 개인이라도 결코 약하지 않았다.

쉬이익!

윌슨은 머리 위를 스치고 지나가는 검을 허리를 뒤로 젖히며 힘겹게 피해냈다.

하지만 적은 쌍검을 휘두르고 있었고 바로 반대쪽에 역수로 들고 있던 검이 윌슨의 허리를 이등분 하겠다는 기세로 베어왔다.

윌슨은 다급하게 우산을 세워서 막아냈고 뒤로 쭉 밀려났다.

하지만 방어를 성공한 것도 잠시 나스크 족의 공격은 쉬지 않고 윌슨을 괴롭혔다.

캉! 카앙!

윌슨의 우산과 쌍검이 부딪칠 때마다 불꽃이 뿜어졌지만 나스크 족의 대전사는 윌슨의 불꽃을 무시한 채 일방적인 공격을 퍼부었다.

워낙 빠르고 변칙적인 공격으로 인해 월슨은 정신없이 방어를 할 수밖에 없었고 그러다가 뒤쪽에 있던 아군의 시체에 걸려서 넘어지고 말았다.

"젠장."

"죽어라!"

찰나의 순간이지만 월슨은 이대로 죽을 수 없다는 생각이 머릿속에 가득했다.

지수와 태어난 아직 백일도 안 된 아들이 머릿속에 떠올랐고 이대로 지수를 과부로, 아들을 아비 없는 자식으로 만들 수는 없다는 생각에 다급히 주변을 곁눈질 했다.

주변에 있는 거라곤 자신을 걸어 넘어뜨린 시체들과 피웅덩이 뿐이었다.

월슨은 옆으로 구르며 간신히 검을 피해냈다. 그리고 바닥을 구르며 자신에게 검을 휘두르는 대전사의 얼굴을 향해 바닥에 널린 피를 한주먹 뿌렸다.

"으아악! 이런…. 비겁한!"

나스크 족의 대전사는 쌍검을 내려놓은 채 양손으로 눈을 매만지며 다급하게 비비고 있었다.

핏물로 인해 눈이 따가웠고 앞이 보이지 않았기에 정신이 없었던 것이다.

그 틈에 월슨은 전력을 다해 우산을 대전사의 목으로 찔러 넣었다.

푸욱!

"크윽…. 쿨럭."

대전사는 양손으로 목을 앞뒤로 부여잡은 채 입가로 피를 토해내고 있었다.

하지만 목은 관통되어 있었고 즉사를 하지 않은 게 신기한 상태였다.

하지만 윌슨은 멈추지 않고 우산을 계속해서 찔렀다.

푸우욱! 푸욱!

퍽!

"커어억…."

윌슨은 대전사가 쓰러질 때까지 계속해서 우산을 찔렀고 결국 대전사는 상체에 10개의 구멍이 더 뚫리고 나서야 바닥에 쓰러졌다.

쿠웅.

"우리 황제폐하께서 말하셨지. 비겁하고 치사한 것도 용기라고. 그래서 난 당당하고 떳떳하다. 이런 게 전쟁이니까."

윌슨은 원래 거리낌이 없는 성격이었기에 지후의 교육을 120% 이상으로 습득한 사람 중 하나였다.

윌슨에겐 가족의 미래와 생존이 최우선이었기에 비겁하다거나 그런 생각은 일도 없었다.

전장엔 흙먼지가 자욱했고 쉬지 않고 들리는 폭음소리와

비명소리, 그리고 솟구치는 피분수가 드론을 통해 지구로
중계되고 있었다.

그 누구도 화면에서 눈을 떼지 못했다.

제발 자신의 부모가, 자식이, 연인이 흘리는 피가 아니기
를 간절히 기도할 수밖에 없었다.

아무리 전신을 갑옷으로 가리고 있어도 부모는 부모였
다.

적의 공격으로 파워슈트를 입은 병사가 쓰러지자 화면을
보던 한 아주머니가 자리에 주저앉고 말았다.

그 누구도 아주머니에게 위로를 건네지 못했다.

가벼운 위로를 할 분위기가 아니었고 누구에게나 있을
수 있는 일이었다.

할 수 있는 거라곤 제발 승리하기를, 제발 돌아오기를 간
절히 바라며 두 손을 모으는 것밖에 없었다.

적의 마법 스태프에서 지후를 향해 이글거리는 불꽃이
쏘아져 날아왔고 지후는 피하지 않았다. 지후가 피한다면
지후의 뒤에 있는 아군이 피해를 입을 수 있기에 마법사에
게 마법을 쳐내었다.

마법사는 자신이 날린 불꽃이 자신에게 돌아오자 바로
다른 마법을 펼쳤다.

"실드."

하지만 지후의 손을 거친 마법은 자신이 시전한 마법

보다 위력이 강했고 마법사는 겨우 마법은 막았지만 실드가 깨지고 말았다.

울컥 피를 토한 마법사는 지후를 째려보았지만 지후는 보이지 않았다.

그 순간 지후는 마법사의 옆에서 나타났다.

"어딜 봐?"

"허어!"

"날 봐야지. 한 눈팔면 쓰나?"

이형환위로 지후는 마법사의 바로 옆으로 이동했고 주변의 마법사들은 그걸 보고 경악을 했다.

그들에겐 지후가 블링크를 사용해서 자신들에게 접근을 한 것으로 보였고 마법까지 사용한다는 생각에 더욱 긴장한 채 지후를 향해 마법을 시전 했다.

"죽여라!"

"저 놈만 잡으면 영지를 얻을 수 있다!"

지후는 그 모습을 보고 코웃음을 쳤다.

누가 누구를 죽인단 말인가!

"소울 쇼크!"

지후가 주먹으로 땅을 한번 내리치자 주변의 마법사들은 마법을 영창 하다 영창이 중간에 끊기고 말았다.

지후로 인해서 영창이 끊기자 모두 내상을 입고는 피를 울컥 토해냈다.

몇몇은 스턴 상태에 걸려 움직이지도 못한 채 선채로 입에서 피만 뿜어내고 있었고 몇몇은 지후의 공격에 의한 내상까지 입어서 자리에 주저앉았다.

지후는 친절하게도 일일이 찾아가 직접 상대를 했다.

양손으로 사지를 찢어버리고 주먹으로 얼굴을 으깨고 쓰러진 적을 짓밟으며 포효했다.

지후의 검은 갑주와 테두리를 빛내던 금빛은 적들의 피로 샤워를 했기에 그 빛을 잃고 있었다.

하지만 그 모습이 적들에겐 더욱 무섭고 잔인했으며 사지를 찢고 주먹으로 으깨버리는 지후의 모습은 적들에게 악마의 모습 그 자체였다.

"아, 악마다!"

"악마가 나타났어!"

"크크크크크크큭."

악마의 형상을 한 적들의 왕이 어깨를 들썩이며 웃음소리를 내고 있었고 그 웃음소리에 전신에 소름이 돋는 것을 느낄 수 있었다.

"공격해! 기사들은 어서 저 악마를 막아!"

"당장 저 악마에게 마법을 퍼부어라!"

은빛 풀 플레이트 메일 갑옷을 입고 있는 기사들은 마법사들을 구하기 위해 지후를 향해 달려들었고 지후는 기사들을 피해 마법사들만을 집요하게 공격했다.

이런 대규모 전쟁에서 마법사들은 상당히 곤란하고 성가신 존재들이라는 판단에 지후는 마법사들을 먼저 노렸다.

마법사들은 주문을 영창하며 쉬지 않고 스태프를 휘둘렀지만 원래 맷집이 약한 마법사들은 지후가 지척에 올 때마다 추풍낙엽처럼 쓰러졌다.

◇

푸아악!

크윽~

기사들의 검과 이지제국의 헌터들의 검이 쉴 세 없이 서로를 찌르고 베어갔다.

지후는 대부분의 마법사들을 처리하고 기사들과 오크들을 상대하고 있었다.

오크들은 원래 우측으로 향했다가 지후가 이곳에 있다는 사실을 알게 되자 공을 차지하기 위해 방향을 틀었고 나스크 족이 대신 우측 길의 활로를 뚫으러 향했다.

인간과 오크들의 총공세에 이지제국의 병사들은 훈련 때만큼 잘 싸우질 못했다.

오직 명령에 의해서 뒤를 돌아보지 않고 전진만을 하는 노예들에게 병사들은 본능적인 공포를 느끼고 있었던 것이다.

그나마 뒤에선 월로드만이 제대로 검을 휘두르며 싸우고 있었지만 누구하나 잘 싸우는 사람들이 없었다.

아직 지구인들은 같은 인간을 죽이는 것에 익숙하지 않았고 그러한 경험부족은 점점 드러났다.

지후는 결국 엘라인 제국의 황제가 있을 성벽 앞으로의 전진을 멈추고 병사들이 싸우고 있는 곳으로 돌아갔다.

지후가 전진을 멈추고 자신들이 전투 중인 곳으로 돌아와 전투를 거들자 몇몇은 인상을 찡그렸다.

그 중엔 지후의 부인인 아영의 뒤를 이어 대한민국 헌터 협회의 협회장에 올랐던 채아영과 비서였던 박민아가 있었다.

둘은 환각과 텔레파시의 능력자였지만 지금은 무기를 휘두르며 지후가 돌아간 곳에 있었다.

하지만 지후가 밀리고 있는 자신들을 돕기 위해 돌아오자 기분이 퍽 상했다.

이건 전 지구인의 운명이 걸린 전쟁이었기에 지후를 신경 쓰이게 해서 전진을 못하게 했다는 사실이 너무나 죄스럽고 자존심이 상했다.

"폐하! 왜 돌아오신 겁니까! 저희를 믿는다고 하지 않으셨습니까? 폐하의 길에는 전진만 있다고 하지 않으셨습니까? 뒤는 우리에게 맡기신다고 하시지 않으셨습니까!"

채아영은 지금이라도 지후가 진군을 하기를 바라며 목청
껏 외쳤다.

"너희를 못 믿는 게 아니다."

"지금처럼 저희가 폐하의 발목을 잡아선 전쟁에서 승리
를 할 수가 없습니다. 지금 저희를 구하는 것보단 미래를
보시고 전진하셔야 합니다!"

"내 새끼들이 고전하고 있으니까 거드는 것뿐이야. 그리
고 난 너희들의 앞에 선다고 했지. 독불장군처럼 혼자 달려
가겠단 말을 한 적은 없어. 너희는 착각하는 게 있는데 이
전쟁은 나 혼자 하는 게 아니야. 모두가 같이 하는 거지. 그
리고 너희도 내가 그리는 미래에 있어. 그러니 함께 전진해
야지."

'예전엔 막말과 가벼운 언행뿐인 사람이었는데… 자리
가 사람을 만든다는 말이 맞나 보네.'

채아영은 자신들이 지후의 발목을 잡고만 있는데도 지후
가 그리는 미래에 포함되었다는 사실에 왈칵 눈물이 나올
것만 같았다.

"난 지키겠다고 다짐했다. 처음엔 내 사람, 내 가족만을
지키려 했지. 하지만! 이제는 모두가 내 사람이고 내 가족
이다. 모두 내 백성인데 누군 지켜주고 누군 내친단 말이
냐!"

지후의 말은 이곳에 있던 병력들의 마음을 강타했고

지후의 아이템 효과로 아군의 사기가 상승하고 있었다.

그러자 두려움과 공포에 짓눌리고 있던 병사들의 움직임도 조금씩 좋아졌다.

전투는 계속 이어졌고 지후가 계속 적들을 쓰러뜨렸지만 상황은 크게 좋아지지는 않았다.

일단 비유를 하자면 병력의 숫자에서 너무나 차이가 컸다. 거의 100만 대 10만의 싸움이었기에 양적으로 너무나 큰 차이가 있었다.

그렇다고 양만 많고 질이 떨어지는 것도 아니었기에 이지제국의 병사들은 그저 밀리지 않고 버티는 게 고작이었다.

지후는 상황을 보면서 결국 결단을 해야 할 때라는 것을 느꼈다.

'더 이상 이곳에서의 전투는 무의미한 희생을 나을 뿐이야. 승리를 위해선 지금은 후퇴를 해야 해. 이대로 전투가 이어지면 모두 개죽음을 당할 뿐이야.'

이런 전쟁은 처음이었기에 다들 많이 지쳐있었고 잠깐 지후로 인해 사기가 올랐지만 밀려드는 적들을 모두 감당하기에는 아군의 수가 너무 부족했다.

'역시 경험은 무시할 수가 없어. 우린 점점 지치고 사기가 떨어지고 있어. 꺼지는 불씨를 살리기 위해선 물러서야 해. 그렇지 않다면 불씨는 완전히 꺼지고 우리는 노예가 되겠지. 난 이지제국의 황제야. 지구와 백성들에게 미래를

보여줘야 할. 지금은 물러나야 한다.'

지후는 마음속으로 결단을 내렸고 무전기를 작동시켰다.

"전군은 들어라! 지금부터 플랜B를 실행한다. 모두 후퇴하라!"

플랜B는 성벽에서 공성전을 펼치는 것이었다.

지금 상황에서는 성벽을 방패삼아 공격을 하는 것이 희생을 줄이는 유일한 길이었고 그곳에 설치해둔 함정만이 유일한 희망이었다.

지후의 명령이 떨어지자 전군은 일사분란하게 성벽이 있는 방향으로 몸을 돌려 내달렸다.

적들은 한명도 놓치지 않겠다는 듯이 따라붙었지만 지후가 쏟아내는 황금빛 심검의 폭우에 잠시 추적을 멈출 수밖에 없었다.

지후는 홀로 남아 모두가 성벽 안으로 대피할 시간을 벌고 있었다.

황금빛 심검은 5분정도 가량 끊임없이 적들이 있는 곳이라면 어디든 가리지 않고 쏟아졌고 지후는 광범위한 범위를 홀로 커버하며 식은땀으로 온몸이 젖어갔다.

지후는 성벽근처로 후퇴를 하며 공격을 멈췄고 공격이 멈추자 숨죽이고 있던 적들이 웅크리고 있던 몸을 일으키며 살기를 피어 올렸다.

마법사들이 대부분 죽었기에 지후의 공격에 노출되었고

많은 수의 적들이 지후의 공격에 죽었다.

상처 입은 적들은 지후를 바라보며 이를 갈았다.

그리고 지금 지후가 혼자라는 사실이 인식되자 미친 듯이 지후를 향해 적군이 달려왔다.

몇 천 만 대군이 지후 한 사람을 향해 흙먼지를 일으키며 몰려드는 모습은 장관이었다.

지후의 무전기에는 빨리 성벽 안으로 들어오라는 무전이 계속 들려왔지만 지후는 들어가지 않고 적들을 향해 달려갔다.

갑작스러운 후퇴로 인해 준비해둔 함정들이 아직 100% 효과를 볼 수 있을 정도로 완벽하지 않았기 때문이다.

지후는 함정들이 완벽하게 준비될 시간을 홀로 벌고 있었고 지후의 귓가에 있는 무전에선 빨리 돌아오라는 말들이 계속 오갔다.

지후가 홀로 고군분투하고 있었고 안타깝지만 할 수 있는 일이라곤 함정을 바로 가동할 수 있도록 준비를 하는 것뿐이었다.

성벽위에서 지후의 전투를 바라보는 병사들은 모두 이를 악 물수밖에 없었다.

후퇴명령에 뒤도 안돌아보고 달렸기에.

자신들이 후퇴할 시간을 홀로 번 것은 어린 황제인 이지후였기에.

지금은 전쟁의 승리를 위해 함정이 준비될 시간을 홀로 벌고 있었기에.

다들 자신들의 무능력에 이가 갈리고 화가 났다.

그걸 지켜보던 성벽에 있던 병사 하나는 지후가 있는 곳으로 가려다가 붙잡혔다.

"놔주세요! 폐하가 혼자 저곳에 있습니다."

병사가 그 말을 하자 동요했는지 여기저기서 웅성대며 다들 전장에 나가겠다며 성문을 열어달라는 말을 하고 있었다.

"이지제국의 모든 것인 황제폐하께서 저 곳에 계십니다!"

"우리가 도와야 합니다!"

다들 성벽을 열고 밖으로 달려 나갈 것만 같은 분위기가 고조되었고 그걸 보던 월로드는 모두에게 소리쳤다.

"모두 멈춰라! 그리고 지켜봐라. 우리의 황제폐하시다. 우리가 믿어드리지 않는다면 그 누가 믿는단 말이냐. 두 눈을 크게 뜨고 지켜봐라. 저분이 바로 우리 이지제국의 황제폐하시다!"

"하지만 폐하가 잘못되시기라도 하시면 모두 끝입니다."

"그러니 더욱 지켜봐라. 너희들은, 아니 우리들은 겁을 먹었지. 후퇴명령이 떨어지자 미친 듯이 성벽을 향해 뛰었다. 너희뿐만이 아니라 나를 포함한 모두가! 오직 폐하만이 싸우고 계셨다."

월로드의 말에 분위기는 순식간에 숙연해 졌고 더 이상 성문을 열라는 말을 하는 사람은 없었다.

"우리는 두려움과 공포에 짓눌려 있었다. 그걸 아신 폐하는 우리를 모두 성벽으로 돌려보내신 거야. 우리가 폐하의 발목을 잡은 것이다. 그런데 지금 나가서 그런 폐하의 노력을 물거품으로 만들겠다고? 우리가 나가서 또 발목을 잡자고? 그래선 안 된다. 그러니 지켜봐라. 더 이상 우리가 폐하의 발목을 잡아선 안 된다. 폐하는 우리의 심장이시다! 폐하의 심장이 멎는 순간 우리도 끝이다! 우리가 목숨을 바쳐 폐하를 지켜야 했지만 우리는 그러지 못했고 폐하께서는 반대로 목숨을 걸고 우리를 지키셨다. 나는 지금도 화가 난다. 그동안 내가 했던 그 지옥 같았던 훈련이 대체 무엇이었는지. 뭘 위해 그 고생을 했던 건지. 꼬리말은 개처럼 내 목숨만 챙기겠다고 폐하의 뒤를 지키지 않고 후퇴를 한, 겁에 질려있던 내 모습이 너무나도 부끄럽고 수치스럽다. 그래서 기다린다. 폐하의 명령이 떨어지기를. 우리가 할 일은 폐하께서 빨리 성벽 안으로 들어오실 수 있도록 함정을 빨리 준비하는 것이다. 그리고 폐하의 모습을 가슴속에 새기는 것이다. 이제부터라도 나는 폐하가 진격을 명령하는 순간 목숨을 걸고 싸울 것이다. 더 이상 도망을 치지는 않을 것이다. 이대로 살아 돌아간다고 한들 부끄러워서 난 내

가족을 볼 수 없을 것 같다. 그럴 바에 나는 명예롭게 죽도록 하겠다."

지쳐있던 겁에 질렸던 모습은 어디로 사라지고 모두의 눈빛은 뜨겁게 타올랐다. 지후가 강조하던 적들을 향한 독기와 살기가 안광에 깊게 서린 채로.

인간이기에 어쩔 수 없는 게 있었다.

순수한 두려움.

몬스터와 싸우는 것도 무서운데 이곳에선 상상해 본적도 없는 대군이 밀고 들어왔으니까.

이런 전쟁은 처음이었기에, 인간이기에 두려움에 떨었지만 지금은 그 두려움을 떨쳐내고 어서 적들을 도륙할 명령만을 기다리며 이지제국군은 짙은 기세를 뿜어내고 있었다.

지구에선 이 모든 상황이 드론을 통해 방송되고 있었기에 더욱 분위기가 고조되고 있었다.

사실 지후는 지구의 운명을 손에 쥔 황제가 되었지만 지후가 원한 것도 다른 누군가가 원했던 것도 아니었다.

그랬기에 황제가 되었지만 공포정치를 펼칠 수밖에 없었고 다들 그저 무력이 강한 왕이라는 생각뿐이었다.

거의 모든 사람들이 진심으로 따르지 않았고 그저 살기 위해 인정할 수밖에 없었던 것이다.

하지만 오늘 비로소 모두의 가슴 속에, 지구촌의 모든

사람들에게 진심으로 황제로 인정받는 순간이었고 모두의 두 눈에는 백성을 지키기 위해 홀로 고군분투하는 황제의 모습이 새겨졌다.

홀로 남아 후퇴할 시간을 버는 황제의 모습을 보고 누가 돌을 던지겠는가?

전쟁으로 인해 누군가 희생이 됐다고 한들 어찌 황제를 탓할 수 있겠는가?

홀로 남아 희생된 병사들의 진혼제를 올리고 있는 황제의 모습에 화면을 보고 있는 모두의 눈시울이 붉어졌다.

"힘내세요!"

"폐하!"

여러 사람들이 지후를 보며 응원했다.

"황제폐하 아저씨. 꼭 살아 돌아오세요."

아직 뭘 모르는 꼬마 아이조차 지후를 응원하고 있었고 모두의 응원에 보답하듯 지후는 수많은 적들에게 둘러싸이고도 한 치의 물러섬도 없었다.

[폐하! 함정들의 준비가 모두 끝났습니다!]

"내가 유인할 테니 적들이 도착하는 즉시 함정을 발동시켜! 그리고 이번 공격에 모든 화력을 쏟아 부어라! 이번에 적들의 수를 줄이지 못하면 상황이 힘들어져."

[알겠습니다. 폐하.]

월로드는 지후가 바로 앞에 있는 것처럼 한쪽 무릎을 꿇은 채로 무전을 하고 있었고 영국의 왕자인 월로드가 지후에게 보이는 모습은 모두의 가슴에 격한 파장을 일으켰다.

◇

지후는 적들을 유인해서 성벽 앞으로 몰고 갔다.

애초에 성벽을 안전지대의 모양대로 원으로 짓지 않고 정사각형으로 지으며 공간을 남겨뒀던 이유가 이곳에 있었다.

그리고 이 함정이 지금으로선 유일한 희망이었다.

지후의 바로 등 뒤에는 성벽이 있었지만 적들은 성벽을 오르거나 하지 않았다.

어차피 전쟁은 지후만 죽이면 끝이었기에 굳이 성벽을 올라 살육을 벌일 이유는 없었다.

그랬기에 모두 지후를 공격하기 위해서 자기들끼리 밀고 밀리며 아수라장을 연출하고 있었다.

지후는 월로드에게서 모든 준비가 끝났다는 무전이 오자 전신으로 내공을 퍼뜨렸다.

지후의 오른 손에는 지후의 전력을 다한 황금빛 권강이 눈부시도록 찬란한 빛을 뿜어내고 있었다.

지후는 자신이 딛고 있던 땅을 향해 오른 주먹을 내리쳤다.

"소울 쇼크!"

콰콰콰쾅!

순식간에 적들은 내상을 입기도 스턴상태에 빠지기도 했다.

하지만 끝이 아니었다.

자신들이 딛고 있던 땅이 일제히 무너져 내리고 있었다.

성벽 밖의 모든 안전지대는 150m 정도의 땅이 파여 있었고 그 곳을 철판과 흙을 덧대어 감춰두고 있었던 것이다.

지후의 스킬을 신호로 철판에 설치해둔 폭탄들이 일제히 터져나갔다.

지후는 스킬을 사용함과 동시에 성벽에 올라서 무너지는 함정을 내려다보고 있었다.

끄아아악!

적들은 혼비백산이 된 채로 비명을 지르며 함정 속으로 추락했다.

하지만 그게 끝이 아니었다. 본격적인 시작이었다.

적들이 추락하자 무수히 많은 지뢰가 튀어 오르며 폭발을 했다.

콰아아아아앙!

성벽에 느껴지는 폭발의 충격은 엄청났다.

그렇지만 여전히 많은 적들이 살아 있었고 지후의 수신호에 따라 함정들이 계속 쏟아졌다.

워낙 범위가 컸기에 범위마다 집중을 위해서 칸막이가 쳐져 있었다.

워낙 넓은 범위를 철판으로 가려야 했기에 기둥은 필수였고 그랬기에 구역을 나눠 몇 개의 다른 함정을 설치했다.

어떤 곳에는 끓는 물이 어떤 곳은 얼음물이 순식간에 투하되었고 그 후에는 강력한 전류가 흘렀다.

으아아아아악!

적들의 곡소리가 쉴 틈 없이 메아리 쳤지만 전쟁에서 자비나 동정은 사치였다.

어떤 곳은 시멘트가 콸콸 쏟아졌고 그 시멘트는 보통 시멘트보다 몇 배는 빨리 굳는 특수 시멘트였기에 적들은 시멘트 속에서 질식하며 굳어갔다.

여전히 생각보다 많은 수의 적들이 살아 있었고 너무 많은 수로 인해 함정이 있는 곳까지 접근하지 못해서 함정에 걸리지 않은 적들의 수도 아직 이지제국의 병력보다 수가 많았다.

마지막으로 함정을 향해 끓는 기름이 투하됐고 그 위로 모든 병력들이 불을 뿜었다.

순식간에 불길은 함정의 위로 치솟았고 함정을 지켜보던

적군은 그저 황당하다는 듯이 타오르는 불길을 바라볼 뿐이었다.

성문을 열지 못하면 이제 성벽을 넘을 방법이 없었다. 마치 섬 위에 떠있듯 이지제국은 불길의 한가운데에 있었고 그 불길의 폭은 500m 가량 되었기에 접근방법이 마땅히 없었다.

"지금이다! 모두 모든 화력을 남김없이 쏟아내라! 지금 적들이 정신이 없을 때 몰아쳐야 한다!"

월로드의 명령과 함께 모든 포문과 미사일이 500m 밖에 있는 적들을 향했고 일제히 불꽃을 토해냈다.

콰앙! 쾅쾅쾅!

퍼어엉! 펑펑펑!

모든 미사일과 포탄들이 적들에게 남김없이 쏟아졌고 적들은 이걸 막아줄 마법사들이 대부분 지후에게 죽음을 당했기에 엄청난 폭격에 휩쓸렸다.

폭격 속에서도 그 엄청난 대군은 꽤나 많이 살아남았다.

물론 이지제국보다는 많았지만 처음 전쟁을 할 때와 비교하면 10분의 1정도로 적들의 숫자가 줄어 있었다.

그리고 살아남은 적들은 포화 속에서 꽤나 많은 상처를 입어 전투력이 많이 줄어든 상태였다.

전장이 잠시 소강상태에 빠지나 했으나 그것은 기우였다.

어느새 뒷짐만 지고 있던 엘프들은 땅의 정령을 이용해서 성벽으로 향하는 다리를 만들었고 그 다리를 통해 오크들이 선봉으로 달려오기 시작했다.

끄아아악

"막아라!"

"오크들이 올라오지 못하도록 막아!"

"절대로 밀리지 마라!"

오크들은 성벽에 사다리를 대기 시작했고 두려움 따위는 모른다는 듯이 동료가 추락하고 죽는 것도 무시한 채 꾸역꾸역 전진하며 올라왔다.

오크들은 인간과 달랐기에 육체능력이 앞섰다.

하지만 지능이 있다고 한 들. 뛰어난 육체가 있다고 한 들. 오크는 오크였다.

인간들은 공포를 극복했고 무식하게 밀고 들어오는 오크군에게 독기로 무장한 병사들도 전혀 물러섬이 없었다.

지후의, 자신들의 황제의 투혼을 보고 몸이 달아오를 때로 달아올랐기에, 처음과는 적들의 수가 천지차이였기에 이지제국군의 기합과 함성소리가 차원전장을 뒤덮었다.

너무 눈앞의 적들에게만 몰입을 했던 것이 실수였을까?

오를 대로 올랐던 사기는 순식간에 곤두박질을 쳤다.

역시 차원전장의 적들은 쉽지 않았고 전투의 경험은 쉽사리 무시 할 수가 없었다.

방심했다.

너무나 많은 적으로 인해서 놓치고 있었다.

하얀 얼굴의 적들을.

그들은 처음 전투가 시작된 이후부터 줄곧 보이지 않았지만 지후도 밀려드는 적들로 인해서 잊고 있었고 어느 누구도 생각하고 있지 않았던 것이다.

그 새하얀 얼굴들의 정체는 뱀파이어였고 그들은 박쥐로 변신해서 모두가 밀고 들어오는 적들과의 전투에만 집중할 때 전장을 삥 돌아서 서쪽 성벽을 통해서 잠입했다.

그리고 잠입한 상태에서도 바로 전투를 하지 않고 숨을 죽인 채 이동해서 동문에 몰려있는 적들에게 향했다.

그들은 굳이 서쪽에서 무의미한 전투를 할 필요는 없었다.

교란은 되겠지만 어차피 차원전장은 왕을 죽여야 끝나는 전쟁터였고 왕은 동문에 있었기 때문이다.

올라오던 오크를 막고 있던 병사들의 뒤에는 어느새 다가온 박쥐들이 모습을 풀며 하얀 얼굴에 송곳니를 뽐내는 뱀파이어로 변해 있었다.

그들은 순식간에 병사들을 도륙하기 시작했고 성벽 안은 순식간에 불길이 일어나고 있었다.

정말 눈 깜짝할 사이였다. 눈 깜짝할 사이에 많은 사람들이 도륙 당했고 적의 침입을 인식했을 땐 이미 아군의 피가 성벽 안에 흐르고 있었다.

"적이다!"

"적들이 내부로 침입했다!"

성벽을 오르려는 적들에게만 온 신경이 쏠려 있었기에 뱀파이어들에 대한 대응은 약간 느렸지만 윌슨과 지후의 두 부인으로 인해서 빠르게 수습됐다.

덕분에 수혁과 윌로드는 성벽을 오르려는 적들에게만 계속 신경을 쏠 수 있었고 앞뒤로 샌드위치 된 상태에서도 이지제국군은 상당히 잘 싸우고 있었다.

챙챙챙!

검과 검이 계속 불꽃을 튀기며 부딪쳤고 동문은 점점 붉게 물들어갔다.

뱀파이어들을 향해 지현의 망토에서는 빛을 뿜었고 광휘의 망토의 진정한 효능이 발휘됐다.

뱀파이어들은 빠른 속도가 강점이었는데 지현의 광휘의 망토가 빛을 뿜자 뱀파이어들의 전체적인 능력이 20% 다운그레이드 됐다.

그 틈에 윌슨은 불꽃을 토해내며 우산을 찔렀고 아영은 끊임없이 활을 쏘아 보냈다.

뱀파이어들의 빠른 움직임도 소영의 뇌전보다 빠를 수는 없었다.

촤아악!

소영은 뇌전과 한 몸이 된 듯 전신으로 뇌전을 뿜어내며 뇌룡도를 휘둘렀다.

쇠쇠쇅!

뱀파이어들은 소영의 뇌전에 의해 스턴 상태가 지속되었고 그때마다 아영의 화살은 뱀파이어들의 미간을 꿰뚫었고 지현은 상처 입은 아군들에게 끊임없이 힐을 시전하며 아군들을 좀비처럼 일으켜 세웠다.

전투는 더욱 치열해졌고 많은 생명이 피를 흘리며 쓰러졌다.

어느새 바닥은 생명들이 흘린 피가 고여 핏물로 강을 이루기 시작했다.

발을 내디딜 때마다 바닥에 있는 흥건한 피들이 튀어 올랐고 붉은 발자국들을 남기게 했다.

지후는 침입한 뱀파이어들이 백성들을 도륙하는 것을 보며 이를 꽉 깨물었다.

배웠다. 아니 당연한 걸 잊고 있었다. 처음이었기에 그 긴장감과 공포에 짓눌려서 잊어버렸다.

정면승부가 전부가 아닌 곳인데 알면서도 잊고 있었다.

'우리가 승리한다면 오늘 일을 교훈삼아, 이걸 경험으로 삼아 우리 인류는 더욱 강해질 것이다.'

지후는 이를 꽉 깨물며 화를 식혔다.

정말 많은 걸 배우는 전투였고 앞으로 어떻게 보완해야 할지 여러 생각들이 스쳐갔다.

그리고 해야 할 일을 떠올렸다.

적들이 자신을 노리듯이 자신도 적들의 왕을 노려야 했다.

더 이상 백성들을 희생시키는 전투를 해서는 안 된다는 생각이었다.

"따까리 소환!"

쿠웅!

"마스터를 뵙습니다."

"따까라. 저 하얀 면상의 뱀파이어들이랑 성벽을 기어오르는 적들을 모두 뭉개버려."

"예 마스터."

황금빛 골렘은 순식간에 뱀파이어들을 짓밟으며 전투에 참가했고 어수선한 분위기도 조금씩 수습이 되고 있었다.

지후는 모두가 들을 수 있도록 사자후로 말을 했다.

"이제 전쟁을 끝낼 때가 왔다. 나는 너희들을 믿는다. 그러니 버텨라! 내가 돌아올 때까지 살아 있어라. 저들의 발목을 잡고 놓아주지 마라. 이게 너희와 내가 함께 싸우는 방식이다. 뒤를 맡기마!"

"추웅!"

누군가 알려준 것도 아니건만 모두가 한 목소리로 대답했고 지후는 만족스러운 미소를 지으며 그곳을 박차며 전진했다.

진군하는 황제폐하의 모습을 보며 모두 한 가지 생각뿐이었다.

적들은 아마 황제폐하에게 가려고 할 것이다. 그러니 이 성안에 적들을 고립시켜야 할 때였다.

적들이 폐하를 따라가지 못하도록.

"우리가 폐하를 돕는 방법은 하나뿐이다! 적들이 폐하에게 가지 못하도록 적들을 최대한 성안에 고립시킨다!"

"예!"

지후는 황제를 찾아 성벽을 박차고 나왔고 기감을 펼치자 라이너스 황제가 있는 곳을 찾는 것은 그리 어렵지 않았다.

황제가 있는 곳을 바라보자 흙먼지 하나 묻지 않은 순백색의 갑주를 입고 있는 라이너스 황제가 눈에 선명하게 들어왔다.

누구는 피로 샤워를 했건만 흙먼지조차 묻지 않은 채 여유롭게 말 위에서 담소를 나누고 있었다.

라이너스와 주변의 엘프들은 여유가 넘쳤고 그의 주위엔 여전히 전장에 투입되지 않은 엘프들이 편안히 있었다.

그 여유 넘치는 모습에 지후는 분노가 차올랐다.

엘프들이 오늘 전쟁터에 나와서 한 것이라곤 전혀 없었다.

자신들의 노예들을 전쟁터에 투입하고 그저 영화감상을

하듯이 전쟁을 구경한 것뿐이었다.

잠깐 몇몇의 엘프가 정령을 소환해서 성벽으로 다리를 만들긴 했지만 그건 열 명이 채 안됐다.

'내 백성들을 도륙하게 했던 원흉들이 저렇게 여유롭게 있었단 말이지. 오늘 내가 꼭 너희들의 더러운 피로 목욕을 해야겠구나. 너희만큼은 기필코 내가 고기방패의 선봉으로 삼아주마.'

오히려 지금 백성들과 전투를 벌이고 있는 놈들보다 저기 있는 엘프들에게 더욱 분노가 느껴졌다.

그들은 어쩔 수 없이 명령에 의해서 싸울 수밖에 없었던 노예일 뿐이었으니까.

엘프들은 그걸 보며 영화를 보는 것 마냥 감상하고 있었을 뿐이었으니까.

지후는 엘프들을 보며 이를 악물며 지독한 분노를 느꼈고 더는 참을 수 없다는 듯이 주먹을 꽉 말아 쥐며 라이너스 황제가 있는 곳으로 날아갔다.

착지와 함께 지후는 바로 라이너스에게 인사를 날렸다.

"소울 스트라이크!"

지후의 공격이 라이너스 황제를 향해 일직선으로 나아갔다.

다행히 라이너스의 황제의 부하들이 지후의 공격을 간신히 막아내 라이너스 황제는 어떠한 피해도 없이 무사했지만 모세의 기적이 일어난 것처럼 지후와 황제의 사이엔 일 직선으로 길이 열려 있었다.

◇

주변은 너무나도 고요하고 조용했다.

모든 엘프들의 고개가 피를 뒤집어 쓴 검은 갑옷의 사내 에게서 고정되어 떠날 줄을 몰랐다.

일직선으로 열린 길을 바라보며 엘프들은 그저 황당하다 는 눈빛이었다.

그 누가 있어서 이 차원전장에서 혼자서 이 많은 대군을 향해서 공격을 감행할 수 있다는 말인가?

차원전장은 소문이 빨리 도는 곳이다.

동맹은 불가능 하지만 안전지대의 밖에서 사냥을 할 때 는 위협적인 적에게 협공을 가하기도 하기 때문이다.

하지만 이런 경우는 그동안 차원전장에 있었던 적도 앞 으로 있을 수도 없는 일이었다.

황제라는 자가 적진에 홀로 쳐들어오다니 이건 말도 안 되는 일이었다.

그동안 선봉에서 싸우는 몇몇의 왕들이 있었지만 저런 무모한 자는 없었다.

그렇지만 그랬기에 엘프들은 그를 쉽사리 공격할 수가

없었다.

고기방패로 쓰던 노예들의 발은 묶여 있었고 자신들이 파악하기에 희생 없이 이길 수 있는 상대는 아니었기에.

아니, 파악이 안 되는 상대였다.

계략으로 정면대결을 피하며 노예들을 내세우며 치밀한 전략으로 승리를 하던 엘라인 제국의 엘프들은 도무지 답을 찾을 수가 없었다.

원래 순수하게 정면으로 치고 들어오는 적만큼 무서운 적은 없으니까.

그가 여기에 있다는 사실은 계획했던 모든 계획이 틀어졌다는 사실이니까.

계획대로라면 편하게 있다가 새로운 노예들을 얻어서 돌아가 축제를 벌이는 것뿐이었다.

이지후가 이들보다 월등히 무력이 강하다?

아니다.

하지만 저들은 이런 경우를 본적도 들은 적도 없기에 두려운 것이다.

철저한 계산과 계획만으로 전투를 풀어가던 자들이 지후처럼 무대포식으로 쳐들어오는 경우는 본적이 없기에.

그것도 차원전장에서 그런 배짱을 부릴 수 있는 적이 있을 거라는 생각은 아마 차원전장에 있는 그 어떤 별도 해본 적이 없을 것이다.

지후의 앞에는 일직선으로 길이 뚫려 있었고 지후는 라이너스의 황제와 눈이 마주쳤다.

지후는 라이너스를 향해 오른손을 들어 목을 긋는 시늉을 한 뒤 뚫려있는 길로 태연하게 걸었다.

지후가 다섯 걸음 정도 걸었을 때 이대로 지후가 이 길의 끝에 다다르면 안 된다는 생각이 든 엘프들이 바로 길을 막으며 좌우에서 검을 휘둘렀다.

지후는 그저 몸을 살짝 비트는 것만으로 바로 옆에서 휘두른 검을 여유롭게 피해 냈다.

바로 이어지는 전광석화 같은 지후의 잽이 검을 휘두른 엘프의 얼굴에 박혔다.

퍽!

쓰러지는 엘프의 옆에 있던 다른 엘프는 다급하게 검을 휘둘렀고 지후는 검을 휘두르려는 엘프의 손목을 잡아 비틀었다.

"으악!"

비명과 함께 검을 놓쳤고 지후는 바닥으로 떨어지는 검을 슬쩍 차올렸다.

검은 허공으로 튀어 올랐고 지후는 눈앞에 튀어 오른 검을 잡았다.

그와 동시에 손목을 비틀었던 엘프의 목에 검을 휘둘렀다.

"촤아악!"

피분수와 함께 엘프의 목이 하늘로 튀어 올랐다.

엘프의 목과 함께 비산하는 핏방울들이 다른 엘프들의 시야에 들어왔다.

마치 슬로우가 걸린 듯이 그들의 눈에는 동료가 뿌리는 핏방울들이 선명하게 들어왔다.

데구르르.

바닥에는 눈을 감지도 못한 엘프의 목이 구르고 있었다.

"쓸 만하네."

지후는 날이 잘 서있는 검을 바라보며 만족스러운 미소를 지었다.

투구로 인해서 지후의 표정이 겉으로 드러나고 있지는 않았지만 지후는 그저 무심한 표정이었다.

적들에 대한 동정도 전투에 대한 희열도 없었다.

자신의 백성들이 흘린 피.

그 대가를 치르게 하기 위해 지극히 이성적이고 냉정한 상태의 지후였다.

"도, 도대체 지금 무슨 일이 벌어지고 있는 거야?!"

"우리가 이렇게 속수무책으로 당한다고?"

그들은 차원전장에 오기 전에는 직접 전투를 치렀지만 차원전장에 온 뒤로는 노예들을 앞세우고 전쟁을 했기에 실전감각이 예전 같지 않았다.

그리고 지후 한 사람의 본 적도 없는 정면 돌파로 인해서 두려움에 움직임이 둔해지고 있었기에 지후의 적수가 되지 못했다.

지후는 끊임없이 선봉에서 싸우는 스타일이라면 엘프들의 황제는 그렇지 않았다.

별들마다 왕이 선택되는 방법이 다르다.

지구는 가장 강한 지후를 선택했고 라이너스는 가장 고귀한 핏줄이기에 세계수의 선택을 받았던 것이다.

지후는 두려움이 없었다.

홀로 휘두르는 검들의 태풍 속으로 들어가 태풍을 뚫고 홀로 빠져 나왔다.

그가 가는 길에는 핏줄기를 뿜으며 쓰러지는 엘프들만이 있었다.

"오랜만에 펼치는 검법도 재미있군. 너희들 따위를 일일이 때려죽이는 건 사치지."

한 낮 여흥거리에 불가한 실력을 가진 것들이 감히 내 백성들의 피를 흘리게 했다는 말인가!

지후는 불쾌했다.

엘프들의 실력은 기대 이하였다.

그리고 그들은 지후의 살기와 기세에 짓눌려 그저 도축을 기다리는 소 그 이상도 이하도 아니었다.

저런 적들에게 자신의 백성들이 수많은 피를 흘렸다는

사실에 지후는 더욱 매섭게 검법을 펼쳤다.

"촤아악!"

지후의 검이 한 번 지나갈 때마다 세 네 명의 엘프들이 피분수를 뿜고 있었다.

"정신 차려라! 어서 화살을 날려! 저 자식이 내 앞에 오지 못하게 막으란 말이다! 어서 죽여라! 엘라인 제국의 힘을! 우리 엘프들의 위대함을 보여줘라!"

라이너스는 점점 자신에게 가까워져 오는 지후를 보며 발악하듯 소리를 질렀다.

아직 이곳에는 수십만 엘프들이 있기에 후퇴를 논할 수는 없었다.

그동안 전술과 책략으로 싸워왔기에 후퇴를 명하는 순간 자신은 끝이라는 사실을 알았기에 라이너스는 엘프들에게 지후를 막으라고 소리치는 것 말고는 할 수 있는 게 없었다.

쇄쇄쇄쇄쇄쇄악!

지후를 향해 화살비가 쏟아져 내렸고 엘프들은 아군이 쏜 화살을 피하기 위해 허겁지겁 도망쳤다.

화살을 쏜 엘프들도 아군의 생사는 잊은 채로 활시위를 당길 수밖에 없었다.

동족을 피를 뒤집어쓴 채 전진을 하는 지후로 인해 두려움에 눈이 멀었기 때문이다.

태대대대대댕!

화살 비는 지후의 검막에 가로막혀 지후에게 어떤 상처
도 주지 못했다.

그 모습에 엘프들은 오러와 정령들의 기운을 가득 머금
은 화살을 지후에게 날렸다.

지후는 검에 내공을 불어넣으며 검강으로 오러를 머금은
화살을 피하며 쳐냈다.

거기서 멈추지 않고 지후는 엘프들에게 검강을 뿌리기
시작했다.

콰앙! 콰아앙! 콰아아앙!

"으아악!"

"막아!"

"저 악귀를 어떻게 좀 해봐!"

엘프들은 지후의 공격에 전열이 무너지기 시작했고 무
지막지한 지후의 검강은 닿는 모든 것을 베고 으스러뜨렸
다.

지후는 휘두르던 검을 바라보았고 지후의 검강을 견디지
못한 검은 금방이라도 부러지기 직전이었다.

"검폭!"

지후가 들고 있던 검이 부서지며 그 파편들은 엄청난 파
공성을 내며 엘프들의 몸을 관통하며 쏟아져 나갔다.

파파파파팟!

쾅쾅쾅쾅쾅쾅쾅!

파편 하나하나에 담긴 내공이 어마어마했기에 지후의 파편이 날아간 곳에는 엄청난 크레이터가 생기며 폭발의 소용돌이가 엘프들을 집어 삼켰다.

파편이 떨어진 곳의 근처에 있던 엘프들은 대부분 적거나 죽기 직전의 심각한 부상을 입을 수밖에 없었고 그 한 번의 공격에 엘프들은 사기를 잃고 있었다.

그 모습에 라이너스 황제의 곁에서 지후가 나타나기 전까지 여유 있게 담소를 나누고 있던 엘프 귀족들이 몸을 움직이기 시작했다.

하지만 상대가 되지 않았고 지후의 주먹이 한 번 닿을 때마다 속수무책으로 쓰러지고 있었다.

쇄아앗!

지후를 향해 백 금발을 찰랑이며 검을 휘두르는 엘프는 엘라인 제국 최강의 검이라 불리는 라이너스 황제의 동생이었다.

그랜드 마스터에 오른 그의 검은 그동안 당할 자가 없었고 무적이었다.

그의 검 앞에 파괴자조차 무릎을 꿇었고 그 누구도 엘라인 제국을 위협하지 못했었다.

그의 대검은 무거웠고 빠르고 매서웠다.

엘프들은 그가 나서는 모습을 보며 잠시 희망의 불꽃이

살아나는가 싶었지만 그게 절망으로 바뀌는 대는 오랜 시간이 걸리지 않았다.

적의 황제에게 자신들의 우상이자 자부심이었던 최강의 검이 철저하게 농락을 당하고 있었다.

엘라인 제국 최강의 검이자 그랜드 마스터인 라이오스가 적의 황제에게 공격다운 공격 한 번을 하지 못한 채 일방적으로 구타를 당하고 있었고 라이너스 황제는 자신이 믿었던 패이자 동생이 당하고 있자 얼굴이 일그러질 대로 일그러진 채 빨리 눈앞의 적을 죽이라며 병사들에게 소리를 지를 뿐이었다.

라이너스에게 동생은 그저 소모품이었고 라이오스에겐 자신의 형이 전부였다.

아마 세계수가 혈통을 우선하지 않았다면 라이오스가 황제에 올랐을 것이다.

백성들은 라이오스를 라이너스보다 더 따랐지만 라이오스는 배다른 형제였고 세계수의 선택도 라이너스였다.

누가 황제가 됐어야 엘라인 제국이 더 오랜 시간 차원전장에서 살아남았을지는 모르지만 오늘로서 그들의 역사는 지워질 것이다.

아니, 앞으로는 이지제국의 노예로서 새로운 인생을 살아야 할 것이다.

지후는 가볍게 보법을 밟으며 라이오스의 검을 피하며

품 안으로 파고들었고 라이오스의 명치에 주먹을 찔러 넣었다.

"커억!"

아주 잠깐 라이오스는 균형을 잃었고 그 찰나의 틈을 놓칠 정도로 지후는 느리지도 경험이 없지도 않았다.

그 순간 지후의 주먹과 발은 라이오스의 전신을 쉴 틈 없이 두들기기 시작했고 라이오스의 갑옷은 부서지고 우그러지며 지후의 공격을 일방적으로 맞을 수밖에 없었다.

방어를 하고 싶다고 할 수 있는 공격이 아니었다.

지후의 스피드는 라이오스를 한참이나 압도했고 한방 한방이 경악이 나올 정도로 묵직한 힘을 담고 있었다.

퍽! 퍼퍼퍼퍽! 퍽!

대검을 휘두르지도 못한 채 일방적으로 지후에게 맞고 있는 라이오스의 모습에 엘프들은 전의를 상실하고 있었다.

라이너스 황제가 소리를 고래고래 지르는 것도 잊은 채 엘라인 제국의 병사들은 적의 황제가 제국 최강의 검을 일방적으로 구타하는 모습을 보며 몸이 굳은 채로 움직이지 못했다.

그 모습에 온몸이 땀으로 범벅된 귀족도 있었고 병사들은 몸을 떨며 갑옷의 하체를 적시는 엘프들도 있었다.

믿었던 최강의 검이 무너지는 모습에 그저 눈물을 흘리며 포기를 한 엘프들이 늘어났고 그저 저 주먹이 자신들에게 향하지 않기를 바랄 뿐이었다.

노예가 되더라도 살고 싶다는 생각이 드는 엘프들이었고 어느새 라이너스 황제의 목소리는 누구도 듣지 않고 있었다.

"쿠웅!"

라이오스가 지후의 주먹에 결국 쓰러졌다.

아니 한참 전에 의식은 잃었지만 지후가 쓰러질 기회를 주지 않았다.

이곳에 있는 모두가 자신에 대한 공포와 두려움에 굴복해서 전투에 대한 의지를 잊을 때까지 주먹을 멈출 생각이 없었다.

그리고 지금 이 순간 모두의 눈빛이 죽어 있다는 사실을 알게 됐고 지후는 쓰러진 라이오스를 뒤로 한 채 걸음을 옮겼다.

지후는 라이오스를 죽이지 않았다. 유일하게 쓸 만하다고 생각이 든 엘프였기에.

그의 검을 보며 많은 걸 알 수 있었으니까.

하지만 그건 라이오스 뿐이었고 엘라인 제국의 엘프들은 해당사항이 되지 않았다.

이들은 지후에게 있어서 죽일 가치도 없었다.

노예라고 해서 고기방패로 내세울 생각은 없었던 지후였다.

물론 이지제국의 병사들보다는 앞에 포진이 되겠지만 무작정 사지로 몰 생각은 없었다.

훈련을 시키고 기회를 준다면 최고의 병사들이 차원전장의 노예들이었으니까.

그들도 지성을 갖춘 인격체이기에 대우를 해줄 생각이었고 자신이 계속 선봉에서 싸울 생각이었다.

하지만 오늘 엘프들의 모습을 보며 그 생각이 조금 바뀌었다.

최대한 많이 살려서 저들을 꼭 고기방패로 앞장세워 자신들이 했던 짓이 어떤 짓이었는지 엘프들에게 알려 줄 생각이었다.

35. 승리의 함성

엘라인 제국의 최강의 검인 라이오스가 쓰러지자 전장엔 고요한 침묵만이 감돌았다.

고래고래 소리를 지르던 라이너스마저 어떤 말도 잇지를 못하고 있었다.

지후의 엄청난 무력에 엘프들은 겁을 집어먹었다.

그동안 봐왔던 차원전장의 왕들과는 차원이 다른 강함이었다.

홀로 자신들에게 쳐들어오고 자신들의 최강의 검인 라이오스를 아이 다루듯이 하자 더 이상 지후에게 덤빈다는 생각을 할 수가 없었다.

지후에게 겁을 먹은 엘프들은 노예들이 아니었기에 라이너스 황제의 무조건적으로 명령을 듣지 않았고 지후와 눈이 마주치는 것초차 피했다.

어느새 황제의 곁을 지키는 엘프는 아무도 없었다.

저벅 저벅.

지후가 쓰러진 라이오스를 뒤로 한 채 걸음을 옮겼고 더 이상 지후의 앞을 막는 엘프들은 없었다.

아니 지후가 가도록 길을 열어 주었다.

"막아! 너희들 뭐하고 있는 거야! 어서 막으란 말이다! 난 너희들의 황제다! 엘라인 제국의 황제란 말이다! 내가 죽으면 너희들은 모두 노예가 된단 말이다! 어서 나를 지켜라! 어서!"

지후가 점점 가까워질수록 라이너스 황제의 목소리는 절규를 하듯 점점 커져만 갔지만 그 누구도 라이너스 황제가 있는 곳을 바라보지 않았다.

아무것도 들리지 않는 다는 듯이 모두가 외면을 하고 있었다.

어느새 지후는 라이너스 황제의 앞에 섰고 라이너스 황제는 여전히 하얀 백마 위에 앉아 있었다.

지후가 바로 앞까지 다가오자 더 이상 소리를 지르지 못하고 라이너스 황제는 한마디도 못한 채로 말 위에서 몸을 부르르 떨고 있을 뿐이었다.

"내가 어제 말했지? 그 뺀질거리는 면상을 뭉개주겠다고. 나는 약속은 꼭 지키는 사람이야."

지후의 주먹이 치켜 올라갔고 황제는 말에서 다급히 내리기 위해 애를 쓰고 있었다.

퍼어억!

쿠웅!

지후는 황제가 타고 있던 백마의 머리를 내리쳤고 쿵 소리와 함께 쓰러지며 그대로 숨을 거뒀다.

쓰러진 말에 깔린 황제는 말에서 발버둥을 치며 빠져나왔고 지후는 그 모습을 보며 자신의 투구를 벗었다.

"이제야 그 새하얀 옷이 좀 더러워 졌네. 이제 좀 잘 어울리네. 전쟁터에 왔으면 흙먼지도 묻고 피도 좀 묻어야지. 안 그래?"

"이… 이…."

그저 몸을 부르르 떨며 뒷걸음을 칠 뿐 라이너스 황제는 할 수 있는 게 없었다.

자신의 무력으로 덤벼봐야 상대가 안 된다는 사실을 알고 있었기에 시도조차 하지 않고 있었고 그런 황제의 모습을 보던 몇몇 조차도 고개를 돌려 황제를 완벽히 외면했다.

더 이상 엘라인 제국에는 미래도 희망도 없었고 오직 지후의 판결만이 기다리고 있었다.

황제의 이마에는 쉬지 않고 땀방울이 흘러내리고 있었고

지후는 섬뜩한 미소를 지으며 뒷걸음질을 치는 황제를 향해 걷고 있었다.

"황제라는 녀석이 뒷걸음질을 치다니, 네놈은 명예도 없는 건가?! 왜 나에게 직접 검을 휘두르지 않는 거지?"

"웃기는 구나! 이곳은 차원전장이다. 이곳에서 명예는 사치란 말이다. 내가 죽으면 우리 엘프들의 찬란한 문명도 끝이란 말이다. 그리고 저것들은 나를 배신했어!"

"배신이라고? 유치하군."

"그렇다! 황제인 나를 지키지 않고 모두 노예가 되기를 받아들이고 있지 않나!"

"글쎄. 내가 볼 때는 노예 생활이나 너를 황제로 모시거나 비슷할 거라 생각해서 그러는 것 같은데. 네가 진짜 왕이라면 적어도 너희 엘프들의 복수정도는 직접 해야 하는 거 아닌가? 그런데 지금 네 꼴이 뭐지? 황제라는 작자가 겁에 질려서 뒷걸음질이나 치다니. 너 같은 녀석과 전쟁을 했다는 사실이 몹시 불쾌하군."

"……."

"겁쟁이새끼! 할 줄 아는 거라곤 뒤에 숨어서 주둥이를 놀리는 것뿐이었어. 그저 겁에 질린 쥐새끼였는데 내가 너를 너무 과대평가했어."

"……."

라이너스 황제는 계속 지후의 말에 대답을 하지 않은 채 뒷걸음만 치고 있었다.

"만약 네 놈이 검을 휘둘렀다면 너희 엘프들의 운명이 조금은 달라졌을 수도 있었을 텐데. 너로 인해 정해졌다. 너희 엘프들만은 무조건 나의 고기방패로서 최전선에 세워주마. 너희는 내게 그 어떤 가치도 보여주지 못했다. 그저 겁에 질려서 아무것도 하지 못하는 무능한 것들일 뿐. 자신들의 황제가 죽일지도, 자신들이 노예가 될 상황에서도 아무것도 하지 않다니. 너희들은 나에게 그 어떤 가치도 없다."

무엇하나 마음에 들지 않았다.

뒷걸음질을 치는 황제나, 자신들의 황제를 외면하고 있는 엘프들이나.

"라이너스. 특별히 너의 가족들은 찾아내서 다가올 첫 전쟁에 선봉으로 세울 것이다."

그 순간 뒷걸음질을 치고 있던 라이너스의 걸음이 멈췄다.

유일하게 그가 아끼는 것은 자신의 아들과 딸이었다.

아직은 한참이나 어린.

검이나 활이 무엇인지조차 인지하지 못할 그런 아이들이었다.

그런 어린 아이들이 노예가 된다고 생각하니 자신이 대체 무슨 짓을 하고 있었던 것인지 치욕의 눈물이 나왔다.

왜 검을 뽑지 못했는지. 발악이라도 하지 못했는지.

좌악!

순간 라이너스 황제가 허리에 있던 검 집에서 검을 뽑아 들어 지후를 바라봤다.

"이제 와서 싸우자고? 발악이라도 하겠다는 건가? 난 너에게 발악을 할 기회를 줬지만 차버린 건 너였다. 앞으로 너희 엘프들이 겪을 시련도 너의 선택 덕이고. 이미 자신의 백성에게 외면을 당한 이상 너는 내 적수가 되지 못한다. 지킬 것이 없어졌는데 싸워서 무엇 하겠느냐!"

지킬 것이 없다. 그 한 마디에 라이너스는 세상이 무너지는 것만 같았다.

자신이 죽으면 끝이라는 생각이었지만 그 뒤를 생각하지 못했던 스스로의 실수였다.

앞으로 엘프들은 모두 노예가 될 것이고 자신의 아들, 딸과 함께 최전선에 배치되어 고기방패가 될 것이다.

모든 건 자신이 망친 것이었다.

적의 황제가 줬던 마지막 기회조차 자신이 도망을 치려는 모습으로 인해 물거품이 되었던 것이다.

하지만 이대로 아무것도 안 하고 죽을 수는 없었다.

그의 몸에 스치지 조차 못 할 거라는 사실은 알고 있다.

다만 자식들이 들을 자신의 죽음이 뒷걸음질만 치다가 죽은 부끄러운 모습만 있어서는 안 되었기에 지후를 향해 기합을 내지르며 검을 휘둘렀다.

"으아악!"

지후는 걸음만 한걸음 옆으로 옮기며 라이너스의 검을 가볍게 피해냈다.

그리고 지후의 주먹은 그의 옆구리를 관통했다.

라이너스는 지후의 주먹에 관통이 된 채로 마치 꼬챙이에 꽂힌 꼬치마냥 몸을 떨며 지후의 팔뚝에 대롱대롱 매달려 있었다.

입으로 울컥울컥 피를 토하며 지후에게 마지막 말을 하는 라이너스를 보며 지후는 마지막 대화를 하고 있었다.

"비참하군. 아니 초라하군. 누구도 내 곁에 남아있지 않는군… 우리 엘프들을 어쩔 셈이지?"

"글쎄…. 아마도 고기방패로 쓰겠지."

"주인을…. 잘못 만났을 뿐. 이제 우리의 문명도 끝난다. 희망이 있다면 황제인 자네겠지. 자네는 그 누구보다 앞장서서 싸우더군. 나와는 정반대지. 병사 하나하나를 소중히 여기더군. 나 같은 놈은 절대로 이해할 수도 실행할 수도 없는 전술이지. 부디 우리 엘프들도 자네의 품에 품어서 보살펴주게."

"미안. 내가 그렇게 마음이 넓지는 못해."

하지만 기회는 줘보지.

다음에 잘 싸운다면, 가능성을 인정받는다면, 지금 이대로라면 너희 엘라인 제국의 엘프들은 인격적으로 대우를 받을 가치가 없거든.

라이너스 황제는 더 이상 말을 잇지를 못한 채 지후를 바라보다 고개를 떨궜다.

그 순간 빛에 휩싸이며 라이너스 황제의 모습이 사라졌고 지후의 머릿속엔 알림이 울렸다.

[차원전장에서의 1승을 축하드립니다. 적들이 가지고 있던 모든 것이 모두 이지후님에게 귀속됩니다.]

머릿속에 울리는 알림음에 지후는 묘한 미소를 짓고는 전장을 바라봤다.

그리고 계속 울리는 알림음을 들었다.

[적들의 영지를 이동하시겠습니까? 기존대로 두시겠습니까?]

'이동한다.'

지후는 머릿속으로 떠올리고는 이지제국의 차원전장을 여섯 종족의 안전지대로 둘러쌓았다.

이제는 적어도 적들이 바로 이지제국의 안전지대로 쳐들어 올 수는 없었다.

[노예들의 영지에 있는 재산들을 어떻게 하겠습니까? 기존대로 두시겠습니까? 원하시는 곳으로 이동하시겠습니까?]

'내 아공간으로.'

텅 비어있었던 지후의 아공간이 오랜만에 가득 차는 순간이었고 그동안 사고를 치면서 채웠던 양과는 그 규모자체가 달랐다.

[노예들에 대한 처우는 기존대로 하시겠습니까? 그들은 더 이상 별이 없습니다. 패배하였기에 별은 사라졌고 오직 차원전장에서만 살아갈 수 있습니다. 기존에 엘라인 제국의 처우대로 하시더라도 엘라인 제국에 대해선 새로 설정해 주셔야 합니다.]

'이건 잠시 후에 결정하도록 하지.'

지후가 홀로 적진으로 돌격한 사이.

이지제국의 성벽 안에서는 피가 튀고 살이 튀는 전투가 한참이었다.

적들은 성벽을 다시 넘어서 라이너스 황제가 있는 곳으로 가기를 원했고 이지제국의 병사들은 목숨을 걸고 그것을 막았다.

바닥을 적신 흥건한 피가 마를 틈도 없이 바닥에 더욱 많은 피가 흐르고 있었다.

이지제국의 병사들은 한 치의 물러섬도 없었고 필사적이었다.

자신들의 황제에게 해줄 수 있다는 건 이것밖에 없다며.

뒤를 맡긴 황제의 발목을 더는 붙잡을 수 없었다.

자신들을 홀로 지켜줬던 황제에게 그들은 저마다의 방식으로 필사적이게 보답을 하고 있었다.

병장기가 부딪치는 소리와 바로 옆에서 비명소리가 들렸지만 묵묵히 눈앞의 적들만을 상대했다.

그렇게 필사적으로 한참을 싸웠지만 체력은 어쩔 수가 없었다.

오기로 독기로 버틸 뿐이었다.

당장 쓰러져도 이상하지 않았지만 그저 검을 휘두르며 기합을 내지를 뿐이었다.

한 참 전투 중에 갑작스럽게도 모든 적들이 이지제국의 병사들을 향한 공격을 멈추었다.

"챙 채채챙챙챙챙."

적들은 공격을 멈춘 채 하늘을 바라보고는 모두 무기를 바닥에 떨궜고 더 이상 병기끼리 부딪치는 소리가 아니라 무기들이 바닥에 떨어지는 소리만이 전장에 들렸다.

"쿠우우우우웅!"

그리고 모든 적들이 바닥에 무릎을 꿇은 채 고개를 숙였다.

그들의 주인이 라이너스 황제에서 지후로 바뀌는 순간이었고 이제는 자신들의 새로운 황제를 기다릴 시간이었다.

이지제국의 병사들은 그 모습을 보자 머릿속에는 딱 하나의 생각이 들었다.

자신들의 황제가 해낸 것이다.

적의 황제를 죽이고 승리를 해낸 것이다.

"이겼다!"

"만세! 만세!"

"이지제국 만세!"

"황제폐하 만세!"

방금 전까지 모든 힘을 써서 전투를 했기에 곧 쓰러질 것 같았던 병사들은 어디에서 힘이 샘솟았는지 모두 한 목소리로 승리의 함성을 지르고 있었다.

성벽에서 병사들이 적들을 막아내는 모습과 지후 홀로 엘라인 제국을 무너뜨리는 모습은 드론을 통해 모두 중계가 되었고 차원전장과 지구는 모두가 하나 되어 승리의 함성을, 기쁨을 토해내고 있었다.

마치 지구가 들썩이는 듯이 세계가 울렸고 지구에서 가슴 졸이며 기도를 하며 마음으로나마 함께 싸웠던 사람들은 눈가에 눈물을 훔치며 '황제폐하 만세'를 외쳤다.

지후는 어느새 성벽에 도착했고 모두를 향해 외쳤다.

"우리는 승리했다! 이건 나 혼자 한 승리가 아니다. 너희가, 아니 우리 모두가 함께 해낸 것이다. 우리는 경험이 부족했고 나약했다. 그랬기에 실수도 했고 희생도 있었다.

하지만 그건 실수였지, 실패가 아니다. 그렇기에 앞으로 우리는 강해질 수 있을 것이다. 오늘의 경험을, 이 승리를 잊지 마라. 지금 우리가 기쁨을 느끼고 숨을 쉴 수 있는 건 먼저 간 동료들이 있었기 때문이다. 절대 그들을 잊어선 안 된다. 그들이 그들의 피로서 우리와 함께 싸우지 않았다면 어찌 승리할 수 있었겠는가? 이곳에 그동안 어떤 역사가 있었는지는 모른다. 다만 한 가지 사실은 알고 있다. 앞으로 차원전장의 역사는 우리 이지제국이 쓸 것이라는 사실이다!"

"와아아아아아!"

"만세! 만세!"

"이지제국 만세!"

"황제폐하 만세!"

　살아남은 병사들과 지구에서 기도를 하고 있던 사람들은 기쁨의 눈물을 흘리며 그칠 줄 모르는 승리의 함성을 질렀다.

　노예가 되지 않아도 됐다.

　아니, 승리의 기쁨을 표현할 수 있는 자유를 여전히 느낄 수 있었다.

지후에 대한 찬양은 끝이 없었고 지후에 대한 전 세계인의 믿음과 존경은 말로 표현할 수 없을 지경에 이르렀다.

언제나 사람들의 마음속에 자리 잡고 있던 종교보다도 지후가 더욱 숭배 받았다.

세계의 왕이자 이번 승리의 주역인 지후는 현세에 강림한 '신' 그 자체였으니까.

지후는 전쟁이 끝난 뒤 긴장이 풀리자 피로가 밀려왔다.

겪어보지 못한 상대에 대한 막연함과 백성들을 지켜야 한다는 부담감이 그를 짓누르고 있었기 때문이다.

승리와 함께 그를 누르고 있던 무게가 사라지며 피로가 밀려들었고 지금 상황에서는 업무를 볼 수도 축하를 나눌 수도 없었다.

바로 쉬기 위에 발걸음을 옮겼지만 성벽의 내부에 들어서자 처참한 상황이 눈에 들어왔다.

바닥엔 핏물이 고여 있었고 함성 속에선 부상에 신음하는 신음소리들이 들려왔다.

금방이라도 쓰러질 것만 같은 피로가 밀려왔기에 수습은 오마바에게 부탁한 뒤 내성으로 향했다.

반신의 경지에 오르고 이런 피로를 느끼다니 스스로가 얼마나 많은 압박감을 받고 있었는지 제대로 느낄 수 있었다.

지후는 간단히 샤워를 마친 뒤 쓰러지듯 침소에 누웠다.

그렇게 다음 날이 되었고 지후는 오랜만에 푹 자서 그런지 너무나 개운했다.

앓던 이가 빠진 기분이랄까?

1승에 대한 압박감을 알게 모르게 받고 있었던 그였기에 이번 1승은 너무나 컸다.

앞으로 있을 전쟁에 대한 부담감도 상당히 줄었다.

무엇보다 이제는 지구인 말고도 여섯 종족이 자신을 따르기에 더욱 마음의 여유가 생겼다.

언제 와서 잠들었는지 자신의 양팔에는 아영과 소영이 팔베개를 벤 채로 새근새근 잠들어 있었다.

그 모습이 어찌나 예쁘고 귀여운지 지후의 입가에는 절로 미소가 지어졌다.

비로소 승리를 했다는 실감이 제대로 났다.

만약 패배했다면 자신은 죽었을 테고 다시는 이 두 사람을 볼 수 없었을 테니까.

지후는 너무나 사랑스러운 나머지 두 사람이 잠들어 있다는 사실도 잊은 채 와락 껴안았다.

갑작스러운 껴안음에 놀란 건지 두 사람은 뒤척이며 눈을 떴다.

"지후씨 일어나셨어요?"

"오빠 잘 잤어?"

지후는 말없이 미소를 지으며 두 사람을 더욱 세게 안았고 두 사람도 말없이 지후의 품에 안겼다.

늦잠을 잤기에 아침은 생략하고 모두와 점심식사 시간을 가졌다.

점심식사에는 지후의 가족과 차원전장에서 제법 영향력이 있는 인물들이 참여했다.

월로드나 오마바, 폴 같은 인물들이 식사자리에 참석했다.

오랜만에 긴장감 없는 식사시간이 이어졌다.

물론 아버지와 어머니가 지후를 보자마자 눈물을 흘리는 바람에 식사 초반이 약간 우울했지만.

지후는 식탁에서 모두를 둘러보며 기분이 좋았다.

이런 식사자리가 무엇보다 그에겐 소중했다.

다시는 없을 뻔 했던 자리니까.

아버지 어머니의 모습도, 쌍둥이들이 무럭무럭 자라나는 모습도, 그 외에 다른 가족들의 모습도, 그저 이렇게 웃음을 지으며 함께 식사를 할 수 있다는 사실이 너무나 좋았다.

이보다 어떤 일이 더 좋겠는가?

이들과 함께 할 이 시간을 위해 그토록 싸운 게 아니었겠는가?

가족의 미소를 보기위해 가족에게 미래를 보여주기 위해서 싸운 게 아니었겠는가?

식사를 마친 뒤 몇 가지 보고를 받은 뒤 지후는 내성의 꼭대기에 올랐다.

승리에 대한 기쁨을 나누기 위해 모두가 황제인 지후가 있는 성만을 바라보며 광장에 발 디딜 틈도 없이 모여 있었기 때문이다.

지후가 모습을 드러내자 엄청난 함성이 쏟아져 나왔다.

"황제폐하 만세!"

"만세! 만세!"

끝이 나지 않을 엄청난 함성이 이어지자 지후는 기분 좋은 미소를 지은 뒤에 손을 들었다.

지후가 손을 들자 모두가 함성을 멈추었다.

지후는 모두가 들을 수 있도록 공간을 장악 한 뒤에 입을 열었다.

결코 크게 말하지 않았지만 모두의 귀에 또렷하게 들리고 있었다.

"우리는 승리했다. 그랬기에 지금 이 순간에도 우리는 함성을 지르고 자유를 느낄 수 있다. 나는 앞으로도 이 자유를 계속 느끼고 싶다. 그러기 위해서 우리는 강해져야 한다. 이제 막 첫 전쟁이 끝났지만 우리는 여유가 없다. 3달 뒤면 다시 전쟁이 시작될 것이고 우리가 그 때 어떻게 될지는 아무도 모른다. 그렇기에 부탁한다. 우리의 아이들에게, 다음 세대들에게도 나는 우리가 누렸던 이 자유를 물려주고 싶다.

그러니 강해지자. 더 이상 동료가 피를 흘리는 모습을 보지 않도록. 다음 세대가 살아갈 수 있도록."

지후의 연설에 분위기는 숙연했지만 모두가 고개를 끄덕일 수밖에 없었다.

지후의 연설이 끝나고 전 지구인들은 승리의 축제를 즐기기 위해 지구로 돌아갔다.

1주일간은 모두에게 휴가를 줬기에.

순식간에 차원전장은 조용해졌다.

물론 일반병사들에게나 휴가지. 지후나 그 최측근들에게는 해당되지 않았다.

이제부터 본격적으로 일을 해야 했으니까.

대전에는 지후와 이지제국의 대신들이 앉아있었고 어제부로 지후의 노예가 된 여섯 종족이 지후의 앞에 무릎을 꿇고 있었다.

서양인과 비슷한 외모를 하고 있는 인간족의 수장인 카일.

어제 지후에게 죽기 직전까지 구타를 당했던 엘라인 제국의 최강의 검 라이오스.

그 외에 드워프 노이안. 나스크족의 타릭. 오크 키리스. 뱀파이어 세스크.

대부분 어제 전투에서 수장들을 잃었기에 새로운 대표들을 뽑았고 그들은 지후의 앞에 무릎을 꿇고 있었다.

지후는 그들을 바라보며 말없이 왕좌에 앉아서 의자의
손잡이만 손가락으로 딱딱 거리며 치고 있었다.

　그리고 한 사람 한사람 씩 눈을 마주쳤다.

　다들 지후와 눈을 마주치자 고개를 숙이기 바빴다.

　특히 라이오스는 몸마저 부르르 떨었다. 아마 본능일 것
이다.

　지후가 라이오스의 몸에 공포를 새겼으니까.

　"우선 한마디만 하지. 난 너희를 딱히 노예라고 생각을
하지는 않는다. 만약 내 백성들이 너희 입장이라면 엿 같을
것 같거든. 그래서 나는 너희와 상생을 해보고 싶은데 너희
들은 어떻게 생각하지?"

　지후의 말에 황당하다는 듯이 고개를 드는 각 종족들의
수장이었다.

　"말 그대로야. 너희들이 별을 잃고 갈 곳이 없다는 건 알
지만 엄연히 살아 있잖아. 그러니까 여기서라도 같이 살자
고. 물론 당분간은 내 백성들과 약간의 차별이 있겠지만."

　'뭐 언젠가 지구에 너희를 불러 들일 수도 있겠지만⋯.
이건 정말 1%의 확률이라서 지금 말할 필요는 없고.'

　"우리는 어제까지 적이었습니다⋯. 그런 우리를 노예로
부리지 않으신다는 겁니까?"

　카일이라는 인간족의 수장은 지후를 이해할 수 없다는
듯이 묻고 있었고 지후는 피식 웃었다.

자신이 생각해도 이상적일 뿐 현실과는 살짝 동떨어져 있었으니까.

"적어도 나는 너희를 노예로 부리지 않을 것이다. 물론 너희가 어제까지 적이었다는 사실은 달라질 수 없지. 그러니 증명해라. 차원전장에서라도 노예가 아닌 너희들의 문명을 보존하며 제대로 살아보고 싶다면 다음 전쟁에서 증명해라."

"뭐가 다르단 말입니까? 당신이 죽은 엘라인 제국의 황제와 뭐가 다르단 말입니까? 우리를 앞장세워 싸우게 하겠다는 것 아닙니까!?"

"훗. 너희는 속고만 살았냐? 사람이 말을 하면 '네 알겠습니다.' 라고 해야지 토를 달고 지랄이야 지랄이. 뭐 이해는 가니까 이번은 봐줄게. 그런데 이거 하나는 알아둬라. 난 나한테 같은 질문을 두 번 하는 새끼랑 토를 다는 새끼는 살려두지 않아. 뭐 알아들었을 거라 생각하고 마저 말하지. 내가 전투의 선봉에 선다. 난 언제나 모든 전투에 최전방에 설 것이다. 그리고 너희들은 내 뒤를 따른다."

여섯 수장은 모두 눈이 더는 커질 수 없을 만큼 커져 있었다.

그리고 어제 보았던 황제의 모습이 떠올랐다.

홀연 단신으로 적진을 종횡무진 했던 그 모습을.

홀로 모든 적을 막아 세우던 모습을.

그런 자의 뒤를 따른다는 생각에 여섯 종족의 수장들은 조금씩 가슴이 뛰었다.

"나는 너희를 내 백성으로 받아들일 것이다. 물론 당장은 불가능하다. 지금 있는 내 백성들이 반발할 테니까. 그걸 누르기 위한 성과를 다음 전쟁에서 보여라. 그렇다면 너희를 내 백성으로 인정할 것이다. 차원전장에서만큼은 차별받지 않고 지낼 수 있는. 너희의 동족들이, 너희의 아이들이 마음 편히 지낼 수 있도록 해주겠다. 너희가 나와 별이 다르다고 해서 무조건 선봉으로 세우거나 하지 않겠다. 평등하게 대우해주지."

지후의 말이 끝나자 모두 잠시 생각을 하더니 큰 소리로 말을 이었다.

"사이런 왕국의 카일이 황제폐하께 충성을 맹세합니다."

"갈색부족의 족장 노이안이 폐하께 충성을 맹세합니다."

"나스크족의 족장 타릭이 충성을 맹세합니다."

"우리 오크들도 충성을 맹세한, 합니다."

"트로이안 제국의 세스크가 이지제국의 황제폐하에게 충성을 맹세합니다."

"엘라인 제국의…."

"그만."

지후는 다섯 종족의 모습을 보고 흐뭇한 미소를 지으며 고개를 끄덕이다가 라이오스가 물 타기를 시도하자 잠시 대화를 멈췄다.

"라이오스."

"예 폐하."

"뻔뻔하군."

"……."

라이오스는 지후의 말에 고개를 숙이며 얼굴만을 붉힌 채 어떤 말도 할 수 없었다.

"내가 너희 황제를 죽일 때 한 가지 약속했지. 엘라인 제국만은, 너희 엘프들만은 고기방패로 써주겠다고."

"폐… 폐하…."

"저기 있는 다섯 종족은 나에게 충성을 맹세했다. 그리고 다음 전쟁에서 나의 백성이 될 자격을 증명하고 당당하게 차원전장에서 살아갈 것이다. 하지만 너희가 저들과 같은 대우를 받을 자격이 있다고 생각하는가? 너희는 저들을 고기방패로 부렸다. 그런데 편하게 분위기에 편승하겠다고? 어림없지. 너희는 고기방패가 되어서 최전선에 배치될 것이다. 그곳에서 가치를 증명해라. 내가 너희 엘프들을 살려두어야 할 이유를, 백성으로 받아들여야 할 이유를 증명해라. 몇 번이 걸릴지 모른다. 하지만 너희가 진심을 보인다면 나도 배척하지만은 않겠다."

"알겠습니다 폐하. 신 라이오스 폐하의 뜻을 따르겠습니다. 그리고 증명하겠습니다. 저희 엘프들도 폐하의 백성이 될 자격이 있다는 것을 말입니다."

지후는 라이오스의 저 강직함과 패기를 봤기에 어제 살려두었다.

저런 인물이 아니라면 엘라인 제국의 엘프들은 얼마 못가 전멸을 면치 못할 정도로 정신상태가 좋지는 못했으니까.

만족스러운 미소를 지으며 지후는 그들을 대전에서 물러나게 하였다.

지후는 여섯 수장을 영주로 임명하고 한동안은 사냥보단 자신들의 영지의 성벽보수와 치안을 우선적으로 안정시키라고 하였다.

사냥이 아닌 성벽보수와 치안을 안정시키는 지후를 보며 그들은 지후가 제법 좋은 황제일 거라는 기대감이 생겼다. 그리고 더욱 궁금했다. 저 황제가 대체 어떤 인물인지.

여섯 영지는 이지제국을 빈틈없이 둘러싸고 있었고 그들의 영지가 합쳐지자 지후의 안전지대는 기하급수적으로 넓어졌다.

지후는 대전에서 여섯 종족들이 가지고 있던 모든 재물들이 자신에게 귀속 됐다는 사실을 알렸고 그것을 모두의 앞에서 꺼냈다.

그리고 오마바가 그동안 철저하게 국가와 기업들이 얼마나 어떤 도움을 줬는지 기록을 해두었기에 어렵지 않게 분배를 할 수가 있었다.

이자까지 생각을 한 적도 없었지만 원금을 이렇게 빠른 시간 안에 받을 수 있다는 생각을 했던 나라나 기업들이 없었기에 지후가 게이트를 통해서 원금들을 돌려주자 축제는 더욱 큰 열기를 띄었다.

그리고 차원전장에는 전사자들의 묘비가 만들어졌다.

전사자들의 시신은 아무래도 차원전장보다는 지구에 두는 것이 났다며 지구로 이동시켰고 차원전장에는 그들을 기리는 큼지막한 묘비가 들어섰다.

[역사의 소용돌이 속에서 불꽃처럼 살다간 그대여. 영면하소서.]

36. 사냥

36. 사냥

지후가 이번 승리를 통해 얻은 마정석과 몬스터 사체들을 각 국가와 기업들에 분배했다.

이지제국이 받았던 도움은 오마바가 철저히 기록해 두었기에 지후는 더도 덜도 아닌 딱 적혀있는 만큼을 돌려주었다.

사실 지후가 갚을 필요는 없었다. 지후 혼자 살겠다고 안전지대에 투자했던 것도 아니었기에.

하지만 지후는 세상을 자신의 금고라고 보고 있었고 언제든 꺼내 쓰면 된다는 마음에 그저 예금을 여러 곳에 한다는 생각이었다.

하지만 그렇게 분배하고도 여전히 많이 남아 있었다.

엘프들은 노예들에게 정말 소처럼 일을 시켰고 그들은 엘라인 제국에 막대한 재산을 쌓아주었다.

생각지도 않았는데 지후가 자신들이 투자했던 걸 빠르게 돌려주자 나라와 기업들은 숨통이 트였고 얼어붙었던 경기가 사르르 녹고 있었다.

다만 몇몇은 대체 얼마나 많은 재물을 얻었기에 이렇게 빠르게 갚았는지에 대한 의문을 품었고 이익을 얻었다면 더 나눠야지 왜 원금만 돌려 주냐는 말이 나오기 시작했다.

그에 힘입어 이제 곧 시행될 안전지대 밖에서의 사냥에 대한 세금에 대한 말도 많이 나왔다.

아무리 상황이 그렇더라도 10%만 가지고 가는 건 말이 안 된다며 이제는 노예도 많으니 그건 안 된다는 말이 흘러나왔다.

지후의 대전 안에는 아영, 소영, 윌슨, 수혁, 지현, 월로드, 오마바, 폴이 모여 있었다.

지후를 제외한 모두 고개를 숙인 채 바닥을 보고 있었고 지후의 표정은 상당히 굳어 있었다.

"폴."

"예 폐하."

"내가 어제 황당한 서류들을 봐서 말이야. 내가 뻔히 서류 읽는 거 싫어하는 거 알아? 몰라?"

"죄송합니다. 폐하."

"네 입으로 설명해봐. 지금 이 상황을. 내가 이해하고 납득하기 쉽게 풀어서."

"……."

"두 번 말하게 할래?"

"아무래도…. 폐하가 이번 전쟁을 통해서 많은 재물을 얻으셨다고 생각한 몇몇이 불만을 품은 것 같습니다."

"폴…. 두루뭉술하게 말하지 말고. 똑바로 말하자?"

지후는 인상을 쓰고 있었고 그 표정에 진심이 느껴지자 폴은 침을 꼴깍 삼키며 정신을 바짝 차렸다.

'폐하가 눈치가 없으신 분도 아니시고…. 조용히 넘어가긴 글렀구나….'

"일각에서는 폐하를 허수아비로 만들고…. 휘두르려는…."

빠직.

지후가 앉아 있던 왕좌의 손잡이가 순식간에 뜯겨져 나갔다.

"누구를 허수아비로 만들어? 그럼 전쟁은 누가 하고?"

"그거야 폐하께서 살기 위해서는 해야만 하는 일이라고…."

"하하하하하하하하하하하하."

지후는 박장대소를 하며 웃고 있었다.

내가 살기 위해서는 싸워야 한다고? 나를 아주 호구로 보고 있네.

"그래서 그들이 원하는 게 뭐지?"

"일단 이번에 얻으신 재물을 공개하시고… 그걸 공평하게 나누시라고…. 또 앞으로 있을 안전지대 밖에서의 사냥에서 얻는 세금에 대해서도 조절을…."

'인간의 욕심은 언제나 선을 넘게 하지. 그 선만 지키면 되는데 욕심은 꼭 그 선을 넘게 하거든.

그리고 뒤늦게 후회를 하지. 그런데 후회란 말이지…. 했을 땐 이미 늦은 거야.'

"나를 위해 내놓은 건가? 그리고 주지 않아도 되는 걸 돌려줬건만. 호의를 베풀었더니 나를 호구로 보는 건가? 이미 전쟁 전에 얘기했던 비율도 조정해달라고?"

"그렇습니다. 폐하……."

"나를 허수아비로 만들겠다는 대의를 품은 그들이 대체 누구지?"

"…로스차일드 가문, 록펠러 가문, 카네기가가 뒤에 있는 것 같습니다. 그들은 예전이나 지금이나 자신들이 뒤에서 세상을 조종할 수 있다고 생각하고 있습니다. 특히 이번에 폐하께서 베푸시는 것을 보고 더욱 기세가 등등한 것 같습니다."

"왜? 내가 돈 좀 준 게 무슨 상관인데?"

"황제폐하께서 세상을 두려워하신다고 생각한 것 같습니다. 예전과 다르게 지금은 황제이시니 눈치를 본다고 생각하는 것 같습니다."

"나 원 참…. 암 걸리겠네. 내가 이해가 안 가는 게 있어. 여기 있는 모두한테 말이야. 왜 눈치를 봐? 세상이 너무 빠르게 변해서 적응을 못한 거야? 그냥 죽여. 왜 저것들을 두고 본거지? 누군가 저들을 두둔한다면 그들까지 죽여 버려. 누가 나한테 반기를 들 거지? 내가 죽으면 모두가 노예야. 그들은 돈에 눈이 멀어서 잊고 있다지만 너희까지 가장 중요한 사실을 잊어선 곤란하지. 누가 나에게 뭐라고 할 거지? 지금이 그들 가문들이 뒤에서 조정하던 시대라고 생각해? 세상은 변했어. 돈? 권력? 그게 내 앞에서 무슨 의미가 있다고 생각해?"

모두 잊고 있었다.

한 나라를 다스렸던 오마바조차 잊고 있었던 사실이 있다.

지후는 대통령이나 여타 다른 왕들과는 다르다.

대체 불가다.

그가 아니라면 모두 한 낱 노예에 지나지 않으니까.

"오랜만에 막 나가야되나?"

"폐하! 체통을 지키소서."

지후의 막나간다는 말이 어떤 의미인지 알기에 모두의

낯빛은 흙빛으로 물들었고 폴은 바로 무릎을 꿇고 있었다.

"내가 한동안 조용히 지냈다고 근본이 달라졌다고 생각해? 내가 지키는 삶을 택했다고 모두를 지키진 않는다고 했지. 어제까진 내가 지킬 대상이었지만 이제부턴 걔네는 아니거든. 중요한 건 난 근본적으로 파괴하고 부시는 걸 싫어하지 않는다는 거야."

"폐하. 저 윌로드가 직접 나서겠습니다!"

"아니. 내가 하지. 너희들 모두 아직 지구에서의 사회적 지위에 얽매여 있는 것 같은데 아마 움직일 때 불편이 있을 거야. 그러니 내가 하도록 하지. 친절하게 직접 움직이는 왕. 소통하는 왕 좋잖아?"

"이런 소통은…."

"거지같은 것들이 잠깐 돈 좀 맡겨 줬더니 앵앵 거려. 걔네는 구걸을 할 대상을 잘못 골랐어."

"예?"

"내가 잠깐 맡겨 논 거야. 언제든 가지고 오면 되는 거지. 내가 쓰고 싶을 때 꺼내 쓰면 되는 거라고."

이제야 모두 지후의 말을 이해 할 수가 있었다.

그리고 확실하게 알 수 있었다. 사상 자체가 우리와는 다르다고.

지후는 그 어떤 왕과도 달랐다. 세상 모두를 자신의 금고로 보던 왕은 여태껏 없었으니까.

'어디서 까불어. 간만에 테러가 뭔지 보여 줘야겠네.'

◆

"여론을 움직일 준비가 끝났습니다."

한 사내가 세 사람의 노인들에게 말을 마치고 방문을 나섰다.

그곳에는 세 사람의 노인들이 즐겁다는 듯이 대화를 나누고 있었다.

"그럼 슬슬 움직여 볼까요?"

"계획대로 된다면 그는 이제 허수아비가 되겠군요."

"어차피 그는 안전지대가 활성화되어 있는 기간이 아니면 차원전장을 벗어나지도 못합니다. 그리고 그걸 떠나서도 적당히 여론을 조작하면 차원전장에서 나오기 쉽지 않겠죠."

"원래 할 줄 아는 거라곤 무식하게 주먹질 하는 것밖에 없었으니까요. 거기서 그냥 계속 주먹질이나 하면서 살면 되는 거죠."

"그렇죠. 이제라도 제자리를 찾는 거죠. 세상은 다시 우리가 지배하고. 그는 그저 전쟁터에서 사냥개처럼 계속 싸우면 되는 거죠."

"그렇습니다. 하하하하하."

"다시 우리들의 시대가 오는 거죠."

백발의 노인들은 록펠러, 로스차일드, 카네기 가문의 수장들이었다.

그리고 그들은 본격적으로 지후를 허수아비로 만들기 위한 흔들기를 할 생각이었다.

아무리 신임이 두터운 황제라도 한 순간에 추락시킬 수 있는 게 금전적인 스캔들이라고 생각했기 때문이다.

황제가 홀로 재물을 쌓아두고 산다고 하면 민심은 순식간에 돌아설 테니까.

요즘처럼 경기가 침체된 상황에서 홀로 큰돈을 벌고 있다는 사실은 치명적일 테니까.

그럼 차원전장에 들어가는 지원도 줄일 수 있고 황제에게 기울어진 무게 추를 되찾아 올 수 있다는 생각이었다.

그들은 지후가 황제의 자리에 있기에 예전처럼 막나가지 못할 거라는 착각을 하고 있었고 이번에 봤던 무력과 노예들이라면 앞으로 큰 도움을 주지 않아도 전쟁을 충분히 치를 수 있다는 판단이 섰기 때문이다.

그러니 지구인들을 예전처럼 다시 생업에 종사시키며 자신들의 손에 쥐고 황제를 허수아비로 만들겠다는 생각이었다.

그들이 여론조작을 시작하려는 찰나에 간발의 차이로 그들보다 먼저 긴급속보로 여론을 강타하는 소식이 전해졌다.

그 시각 방송되는 긴급속보에 전 세계는 얼어붙었다.

그 방송으로 인해 세계는 분노했다.

국민들은 이번 승리로 인해서 지후를 진심으로 존경하고 숭배했다.

자국의 대통령보다 더 믿음이 갔고 이제 피라미드의 꼭대기엔 그가 있었으니까.

유일무이한 세계의 왕이니까.

그런 그가 목숨을 걸고 모두를 지키려 했기에 그에 대한 지지층은 이제 그 어떤 태풍이 불어도 흔들리지 않을 견고한 성이었다.

돈과 권력만으로 그동안 세상을 조종하던 세 가문은 이 사실을 간과하고 있었던 것이다.

이제 사람들은 진심으로 지후를 황제폐하로 생각하고 있었고 진심으로 그의 백성이라는 사실을 자랑스러워하고 있다는 사실을.

간발의 차였다.

세 가문이 지후에 대한 여론을 조작하기 전 오마바와 폴은 먼저 여론에 대대적으로 발표를 했다.

지후는 신경을 안 쓰고 있지만 그들에게 지후는 자신들이 모시는 상관이자 세계의 왕이었으니까.

최대한 직접 나서게 하는 일은 피하고 싶었다.

그들이 발표한 소식은 너무나 무거웠다.

바로 쿠데타 소식이었다.

세 가문이 합심해서 지후에게 반기를 들었고 그로 인해서 황제폐하가 회의감에 휩싸여 식음을 전폐하고 있다는 소식이었다.

그리고 그들은 왜 이런 일이 벌어진 건지 이번에 얻은 재물에 대해서도 숨김없이 알렸다.

그동안 이지제국을 건설하기 위해 받았던 것에 대해서는 돌려줄 의무가 없었지만 모두 돌려줬으며 남은 재물로는 차원전장의 발전을 위해 투입한다고.

더 이상 기업과 나라들에 손을 벌린 것이 아니기에 남은 것을 내어 놓는다면 차원전장은 더 이상 운영될 수가 없다고.

그런데 그들은 차원전장이 무너지든 말든 그저 당장의 이익만을 바라보고 있다고.

그 덕에 지후가 누구를 위해 싸우고 있었는지 의욕을 잃었고 식음을 전폐한 채 누워있다고.

아마 다음 전쟁에서 우리는 노예로 전락할 것이라고.

이 사실이 알려지자 지구에서는 모두가 축제를 멈춘 채 무기가 될 만한 것을 들고 세 가문으로 향했다.

"이게 대체 어떻게 된 일이야!"

쨍그랑!

록펠러가의 가주는 손에 잡히는 것은 무엇이든 집어던

지며 화를 내고 있었다.

다른 가주들의 상황도 다르지 않았다.

각자의 집에서 손에 집히는 물건은 다 집어던지며 화를 내고 있었고 지금 벌어지는 상황을 받아들이지 못하고 있었다.

그들이 겉으로 소유하고 있던 기업들뿐만 아니라 비밀리에 투자했던 기업들까지 발가벗겨지듯 세상에 알려졌고 그들의 가문으로는 여기저기서 전화가 빗발쳤다.

당장 투자를 철회해달라는 전화들과 욕설이 섞인 전화들이었다.

그들은 가문의 식속들과 함께 묵묵부답으로 자신들의 집에 칩거한 채 나오지 않았다.

그 사이 그들이 가지고 있던 기업들은 대부분 망하거나 나라에서 강제적으로 모든 기능을 스톱시켜 두었다.

그들이 더욱 당황스러웠던 건 벌레라고 여겼던 자신들 회사의 직원들이 99% 아니 100% 사표를 내고 출근을 하지 않는다는 사실이었다.

그들은 황제를 욕하는 회사에 다니기도 싫고 괜히 자신들마저 황제를 저버리는 기분이 든다며 회사를 그만두었던 것이다.

이 사실을 알게 된 세 가문은 자신들이 완벽하게 졌다는 사실을 인지할 수밖에 없었다.

아니 원래 결과는 정해진 싸움이었다. 그동안의 삶이 인정을 거부했을 뿐.

그저 늙은 머리로 과거를 놓지 못한 자신들의 실수였고 그것은 뒤에서 세상을 조정하지는 못하더라도 영향력 있는 가문으로서 남을 수 있던 기반마저 송두리째 무너뜨렸다.

폴은 여론의 반응을 보며 기분이 매우 좋았다.

그리고 자신이 나서지 않았더라도 사람들은 폐하의 편을 들었을 거라는 느낌이 왔다.

"폐하. 폐하께서 직접 나서실 일은 없으실 것 같습니다. 이번에 저희가 먼저 여론을 움직였고 반응이 아주 폭발적이었습니다."

지후는 자신을 지지하는 세계의 국민들을 보며 흐뭇한 마음이 들었지만 그것과는 별개로 자신이 직접 움직여 응징하지 못한 것에 대한 짜증은 있었다.

그랬기에 지금 그저 상황을 방치한 채 관망하고 있었다.

"폐하. 이제 마무리만 하시면 되는데 간단한 일을 왜 이렇게 질질 끄시는 겁니까?"

"왜냐고?"

"예. 여론이 폐하의 편이고 그들을 응징하고자 합니다."

"단숨에 끝내면 너무 시시하지. 그러면 그만큼 가벼워 보일 테고. 다시 저런 머저리들이 나오지 못하도록 느리게 조여야지. 그리고 절망이 뭔지 알려줘야지. 좋은 본보기를 보여 줘야해. 원래는 내가 어떤 인간인지 확실히 알려주려고 했는데 너랑 오마바가 나서는 바람에 틀어졌지."

"죄송합니다."

"뭐 그 정도 까지는 아니고 조금 짜증난 정도야. 뭐가 옳은 방법이었을지는 아무도 모르지. 앞으로도 우리는 전쟁을 해야 하는데 저런 내부의 암적인 존재들을 데리고 얼마나 오래 생존할 수 있다고 생각하지? 하나가 되지 못하더라도 분열이 되는 건 문제야. 그런 암은 자라기 전에 도려내야 돼. 주변으로 번지지 않게 아주 철저히."

"제가 미처 거기까지 생각은 못했습니다. 그저 수습만 급했습니다."

"뭐 이제 시작이니까. 너도 시간이 지나면 차차 나아지겠지."

순간 지후의 머릿속에는 한 가지 생각이 스쳤고 입가에는 장난스러운 미소가 맺혔다.

"그동안 지구의 역사에 수많은 왕이 있었지. 그런데 나랑 차이가 뭔지 알아? 폭군도 성군도 그 어떤 왕도! 전 세계를 자신의 발아래 둔 적은 없었다는 사실이지. 그리고 난 역사에 나오던 폭군도 성군도 아니야. 내 기분에 충실해. 또라이 같은 왕이지. 이젠 나를 견제할 세력도 없고 무엇보다 내가 이런 인간인 걸 모두가 아는데! 내가 예전처럼 시선을 의식할 것 같아? 난 테러리스트에서 세계의 왕이 됐어. 과정이 그 어떤 왕들과도 달랐다고. 그리고 지금 내 기분이 깽판을 치라고 말하고 있어. 결정적으로 나 아니면 왕을 할 사람이 없는데 내가 누구 눈치를 봐?"

순간 폴의 표정이 미묘하게 변했다.

느낌적인 느낌이 왔다.

뭐랄까 과거에 지후가 사고를 치기 직전에 보여주던 그 미소였다.

지후가 손짓을 한번 하자 지후의 앞에는 게이트가 생겼고 지후는 그 게이트로 들어갔다.

"폐하!"

폴의 부름에 무심하게도 게이트는 닫혔고 폴은 여태 무슨 대화를 한 건지 망연자실 했다.

"이 개새끼야! 대체 무슨 말을 한 거냐! 이럴 거면 그냥 처음부터 깽판 치러 가지! 왜 진지하게 얘기는 나눈 거야! 이 또라이 새끼야!"

폴은 이성을 잃은 채로 계속 욕설을 남발하고 있었고 그 앞에는 사라졌던 게이트가 다시 생겨있었다.

폴은 게이트가 다시 열린 것도 모른 채 그동안 담아두었던 욕설을 신나게 하고 있었고 지후는 게이트에서 얼굴을 내민 채 그걸 바라보고 있었다.

한참을 그 모습을 바라보다가 5분이 흐르자 지후는 폴이 욕설을 남발하는 곳으로 담배연기를 뿜었다.

"샹! 어떤 새끼가 담배를 피고 지!……."

폴은 놀란 토끼눈을 한 채로 다물어지지 않는 입을 양손으로 막고 있었다.

"계속해. 재밌네."

"폐… 폐하….."

"누가 네 폐하냐? 개새끼? 또라이 새끼?"

"너를 두고 간 것 같아서 다시 왔는데."

"저를 왜….?"

"비서니까."

"죄송…."

"아니야. 다시 볼 사이도 아닌데."

"폐하!"

폴은 지후가 있는 게이트로 뛰어 오려고 했지만 뛰어 올 수가 없었다.

지후의 의지가 폴을 막아 세우고 있었기 때문이다.

"폐하! 한번만 용서를…."

지후는 관대하게도 폴을 용서해주었다.

폴은 대전 한 복판에 원산폭격자세를 취한 채로 사일을 있었다.

하기 싫어도 해야 했다.

지후가 그 자세에서 움직이지 못하도록 점혈을 해두었기에.

몸의 근육이 살려달라며 비명을 질러도 손가락 하나 자신의 의지로 까딱할 수가 없었기에 폴의 두 눈에서는 닭똥 같은 눈물만 계속 흘러내렸고 그 자세로 3박 4일을 보냈다.

아무도 대전에 4일 동안 발을 들이지 않았고 지후도 폴을 잊고 있었기 때문이다.

모두 차원전장이 아니라 지구로 내려가 있었으니까.

폴을 제외한 모두는 지구에서 일을 봤고 지후는 응징을 위해 떠났으니까.

지후는 게이트를 열고는 지구로 갔다.

그 모습은 마치 신이 강림하는 것만 같았고 각 가문의 집 앞에서 시위 중이던 사람들은 하늘에 지후가 나타나자 숭배를 하기 시작했다.

지후는 보여줬다.

자신은 그 누구의 눈치도 보지 않음을.

누구의 도전도 받아주지 않음을.

그 끝엔 오직 죽음뿐임을.

사돈에 팔촌 등. 그 가문과 티끌만큼이라도 피가 섞인 자들은 모두 지후의 손에 죽음을 당했다.

아이와 노인도 가리지 않았다.

지후는 그들을 오직 자신에게 반항한 반역자이자 적으로 인식했고 세상을 향해 경고했다.

언제든 테러리스트로 변할 수 있는 왕이라고.

자신만이 세계의 유일무이한 왕이라고.

잠시 세 가문의 세치 혀에 놀아날 뻔했던 몇몇 기업들과 가문들은 모두 식은땀을 흘렸다.

그는 예전이나 황제에 오른 지금이나 거침없었다.

아니 이제는 예전보다 더욱 거침없었다.

그를 견제하던 여론도 없었고 국민들은 모두가 그를 지지했으니까.

이제 그와 반목을 할 대상은 더 이상 지구에 없었다.

이번 일로 인해서 약간의 불만을 품고 있던 자들조차 모두 지후의 지지자로 돌아섰으니까.

그는 손톱만큼의 트집이라도 잡는다면 자신들을 죽일 수 있다는 사실을 다시 깨달았으니까.

이제는 합법적인 테러리스트이자 그가 곧 법이었으니까.

지후는 응징을 끝낸 뒤에 오랜만에 아영과 소영을 데리고 지구에서 데이트를 즐겼다.

아무래도 차원전장에 오래 묶여 있는 자신이었기에 두

사람도 자연적으로 지구에 별로 내려가 보질 못했다.

사실 세 사람은 데이트다운 데이트를 하고 결혼을 했던 것이 아니었기에 이번 기회에 제대로 된 데이트를 해보기로 했다.

특별한 게 아닌 그저 남들이 다 하는 그런 평범한 데이트였다.

영화를 보고 밥을 먹고 카페에 가고 술도 한잔 하는.

세 사람은 그 평범한 데이트를 해보질 못했기에 너무나 행복하고 소중한 시간이었다.

행복한 시간은 유난히도 빨리 흘렀고 그들에겐 마치 하루가 한 시간인 것처럼 흘렀다.

전쟁에서 승리를 거둔 지도 어느덧 열흘이 흘렀고 모두가 차원전장으로 복귀했다.

물론 이제 부터는 지구인들에 한해서는 저번 전투처럼 무조건 적으로 전쟁터에 합류를 시키지 않았다.

물론 전쟁기간 중에는 생업에 종사하지 못하며 상황이 불리해지면 강제차출이 되기는 하지만 평소에는 생업에 종사하도록 해주었다.

물론 전문적인 병사로서 차원전장에 남는 사람들도 인류의 50%가 넘었다.

차원전장에서 기업들은 사냥을 해서 지구로 자원을 보내야 했고 그들은 기업에서 일을 하다가도 전쟁기간에는 무조건 차원전장에서 싸워야 했다.

그 조건하에 기업과 나라들은 애초에 지후가 말했던 10%보다 10%를 더한 20%를 지구로 가지고 갈 수 있었다.

물론 이지제국군으로 들어온 병사들은 이지제국에서 월급을 주었다.

그것도 엄청난 액수의 월급을.

이지제국군에는 헌터나 일반인의 경계가 없었다.

능력에 따라서 계급의 차이는 있었지만 대우는 평등했다.

헌터가 아니라도 충분히 싸울 수 있는 기술들이 개발되고 있었고 그걸 사용할 사람이 부족한 것이었기에 이제는 헌터와 일반인의 경계가 무너지고 있었다.

기업들이 게이트를 이용하기 위해 주고 가는 80%의 부산물로 모두에게 충분히 월급을 줄 수 있었고 나아가 여섯 종족들이 사냥하는 것들을 지구로 수출해서 남는 이익이 상당했기에 지후는 그들이 자격을 증명하면 그들도 지구인처럼 월급을 주며 대우해 줄 생각이었다.

안전지대에는 매일 공장들이 지어지고 쇼핑몰들이 들어서고 있었다.

지후는 도시가 안정이 되자 모두가 편히 살 수 있도록 아파트나 관광지도 만들도록 지시했고 워낙 인력이 넘쳐나니 뭐든 순식간이었다.

병원, 학교 등 이제 이지제국에는 없는 것이 없었고 살기 좋은 도시가 건설되고 있었다.

차원전장에 거주하는 인구도 이제는 무시할 수 없는 수준이었고 무엇보다 다른 종족들이 지구의 물건들에 호기심이 많았다.

차원전장에서 가장 활발하게 발전하는 것은 음식이었다.

지구의 MSG가 듬뿍 들어간 음식들은 차원전장의 다른 종족들을 단숨에 사로잡았다.

다른 종족들은 이지제국에 사냥한 물건을 상납했다.

하지만 지후는 제대로 값을 쳐줬다.

물론 제대로는 아니었다. 지구와 똑같이 해주긴 했지만. 지구인도 제값의 20%만 받고 있기에 그들도 똑같이 분배받았다.

그들에게도 돈이 돌기 시작하자 차원전장의 상권은 그야말로 초대박이었다.

정말 작은 가게도 상품만 잘 선정하면 없어서 못 판다는 말이 나올 정도로 매일 초대박 행진이었고 시간이 조금 흐르자 역으로 지구인들은 다른 종족들이 만들어내는 물건들에 관심을 갖았다. 종족 특유의 상품을 선점하기 위해 기업들은 애를 썼고 지후는 그런 것까지는 관여하지 않았다.

다만 아무리 지구인이라도 차원전장에서 다른 종족에게 사기를 친다면 죽음을 면치 못 할 거라는 지후의 말로 인해서 그 누구도 다른 종족들에게 헐값에 사기를 치거나 하는 짓을 하지는 못했다.

자신들이 알고 있는 황제라면 그 사실을 아는 순간 자신들을 죽일 것이라는 것을 알기에.

지후가 세 가문에게 보였던 본보기는 기업가들과 각 나라의 수장들의 간담을 서늘케 했기에 뼛속까지 지후에 대한 두려움이 새겨져 있었다.

지후는 드워프와 지구의 과학자들을 콜라보 시켰고 그들은 매일 새롭고 엄청난 성능의 무기들을 만들어내었다.

자연스럽게 여섯 종족과 지구인들이 섞이며 차원전장은 활기를 띤 도시가 되어가고 있었다.

지금은 각 종족별로 사는 곳이 나뉘어져 있지만 지후는 이지제국에서만큼은 자신의 품안에 들어온 백성들이니 모두가 평등하고 자유롭게 살기를 바랬다.

두 달의 시간이 흘렀고 전쟁은 어느덧 1달을 남겨두고 있었다.

그 사이 사냥에 나갔던 미국의 스트라이크 길드와, 함께 사냥을 나갔던 뱀파이어들이 처참한 상처를 입은 채로 전신에 상처를 가득 안고 비틀거리며 안전지대로 겨우 귀가했다.

사냥에 나선 것은 천 명이 약간 넘었는데 돌아온 것은 오십이 채 안되었다.

그 사실은 외성 수비 대장이자 국방부 장관인 월로드의 귀에 바로 들어갔고 월도드는 지후에게 바로 보고했다.

물론 이런 일이 처음이 아닌 여섯 종족들은 크게 동요를 하지는 않았지만 지금까지 사냥에 나서서 지구인이 이런 피해를 입은 것은 이번이 처음이었기에 흉흉한 분위기가 이지제국에 불어 닥쳤다.

◇

처음 있는 일이었기에 상황은 생각보다 무겁게 돌아갔다.

다른 종족들이 보기에는 흔히 있는 일이었지만 지후는 달랐다.

지후는 짜증이 치밀었다.

누구하나 소중하지 않은 사람이 없었다.

이지제국의 영향력 아래에 있는 한 모두 지켜야 할 백성이었기에.

대전으로 이지제국의 장관들과 여섯 영주가 허겁지겁 달려왔다.

지후가 긴급소집을 했기 때문이다.

"대체 무슨 일이야!"

지후는 잔뜩 찡그린 표정으로 소리를 쳤고 국방부 장관인 월로드는 입을 열었다.

"지금 보건복지부 장관님이신 이지현님께서 생환한 스트라이크 길드원을 치료하고 데리고 오시고 계십니다."

월로드의 말이 끝나기가 무섭게 지현과 함께 넝마가 된 갑옷을 입고 있는 스트라이크 길드원이 대전에 들어왔다.

지후는 갑옷 전신에 묻어있는 피를 보며 기분이 더욱 안 좋아졌다.

살아 돌아온 자가 저 정도라면 돌아오지 못한 자들은 어떻게 됐다는 말인가.

"생환한 사람들의 상태는?"

"지금 현재 모두 병원으로 옮겨서 치료중입니다. 다만 뱀파이어들에게는 힐을 시전 할 수가 없어서 긴급 수혈을 시행중입니다."

지현은 이제 공적인 자리에서는 동생인 지후에게도 존댓말이 스스럼없이 나왔다.

지현의 말에 뱀파이어들의 수장인 세스크의 표정도 덩달아 좋지 않았다.

지후는 스트라이크 길드원을 바라보며 말을 이었고 스트라이크 길드원은 자세히 상황을 설명했다.

마치 영화에서 보던 에일리X 같은 모습의 종족이었고 그들은 아무리 공격을 당해도 순식간에 상처가 나아서 공격을 멈추지 않았다고 전했다. 그리고 그들의 입에서 뿜어대는 산성 용액은 닿는 모든 것을 녹여버렸다고.

그 후에도 스트라이크 길드원은 설명을 계속 이어갔고 듣고 있던 지후는 터져 나오려는 분노를 겨우 겨우 참아냈다.

그의 말을 들은 모두는 한 가지 사실을 알 수가 있었다.

우리의 전력을 약화시키려는 건지. 황제폐하를 노리는 건지는 알 수 없지만.

함정이라는 사실은 확실히 알 수 있었다.

"그래서 얼마나 살아 있지?"

"반 정도는 살아있었습니다. 저희는…. 일부러 살려준 느낌이었습니다. 그리고 도망가는 저희에게 일부러 당장 즉사를 하지 않을 정도의 공격만…."

"그만!"

지후는 더 이상 들으면 화를 주체하지 못할 것 같아 스트라이크 길드원의 말을 끊었다.

지후는 위치를 들은 뒤 스트라이크 길드원에게 돌아가서 쉬라며 병사를 시켜 내보냈다.

대전에는 침묵이 감돌았고 다들 지후의 표정이 좋지 않자 쉽사리 입을 열지 못했다.

드디어 이 살얼음판 같은 침묵이 깨졌다.

"출진한다."

지후의 한 마디에 여섯 종족과 장관들의 얼굴은 흙빛으로 물들었다.

"폐하! 안 됩니다!"

"이건 적의 함정입니다!"

"그럼 내 새끼들을 버리라는 건가! 모두 내 백성이다. 내품에 들어온 녀석들이다! 죽은 게 아니라 아직 살아있단 말이다!"

지후는 자신의 의견을 모두가 반대하자 짜증이 치밀어 올랐다.

"하지만 인질입니다! 뻔히 보이는 적들의 함정으로 갈 필요는 없지 않습니까?"

"맞습니다! 그들의 생명도 중요하지만 폐하에게는 이지 제국의 수많은 백성이 있습니다."

"혹시라도 그곳에서 피해를 입기라도 하면 다가올 전쟁에 차질이 생깁니다."

왜 모르겠는가? 혹시라도 자신이 다치거나 죽기라도 하면 전쟁을 하기도 전에 끝인 상황인데.

하지만 이대로 그들을 포기하는 것은 지후의 자존심상 도저히 안 되는 일이었다.

"폐하. 저희 나스크 족은 오늘 일을 벌인 적이 짐작 됩니다."

타릭의 말에 모두가 타릭을 바라봤다.

"말해봐."

"그들은 세일란 족입니다. 저희 종족도 엘라인 제국의 노예가 되기 전 그들에게 공격을 받았습니다. 하지만 저희는 아무래도 개인성향이 강하다 보니 인질들을 구하러 가지 않았습니다…. 뻔히 보이는 함정이었고 그 당시에 저희는 한 가지 소문을 미리 들었기 때문입니다. 그들의 수장은 타일라 라는 여왕입니다. 그 여왕은 아직 차원전장의 경험이 적은 상대를 수소문해서 전쟁 전에 함정으로 유인해 수장을 죽이거나 세력을 약화 시킨 뒤에 도전을 하는 식으로 세력을 키웠다고 합니다. 그 세력이 차원전장에 손꼽힐 정도라고 소문이 자자하고 이제는 여왕의 휘하에 노예가 된 종족이 열에 달한다고 알고 있습니다. 중요한 건 그들이 이런 식으로 전투를 한다고 해서 결코 약하지 않다는 사실입니다. 그들에게 아무리 상처를 입혀도 즉사를 시키지 않는다면 적을 죽이며 상처를 바로 회복합니다. 보이는 몸과 다르게 무척 빠르고 강합니다. 아까 들으셨던 것처럼 그들의 침에 닿으면 닿은 모든 곳이 순식간에 녹아버립니다. 그들은 아마도 폐하께서 나오시기 전까지 저희들의 사냥터의 모든 길목을 막으며 사냥을 방해할 것입니다. 그러니 피해가 커지기 전에 모두에게 사냥을 접고 돌아오라고 하심이…."

"나보고 꼬리말은 개처럼 도망을 치라고?"

"죄송합니다…. 하지만…. 지금은 안 됩니다…. 지금 제 국의 전력으로는 필패입니다."

콰앙!

지후는 의자에서 일어나며 진각을 밟았고 순식간에 크레이터가 생기며 지진이 난 듯이 대전이 흔들렸다.

"세스크."

"예 폐하."

"너희 종족도 잡혀있다. 너의 생각은?"

"분합니다. 하지만 타릭 영주의 말대로라면 필패입니다. 힘을 길러서 다음을 기약해야 합니다."

"하나같이 겁쟁이들뿐이군."

지후의 말에 모두가 고개를 숙인 채 들지 못했다.

하지만 한정인 것도 부족해서 압도적인 전력 차가 보이는 곳으로, 그 곳이 사지라는 것을 아는데 폐하를 보낼 수는 없었다.

"난 단 한명의 백성이 살아있다고 해도 갈 것이다. 그것이 어떤 종족이든! 내 품에 들어온 이상 내가 지켜야 하는 내 사명이다! 적이 무서워 내 백성을 버려? 난 그런 왕도를 걸을 생각이 없다. 너희가 돕지 않아도 좋다. 나 혼자라도 가지. 그리고 보여주마. 너희들이 모시는 왕이 어떤 인간인지. 내가 어떤 왕인지!"

지후는 분노했다.

이대로라면 그들이 아니라 다른 적을 만나더라도 이길 수가 없다.

패배의식에 점점 물들어 가고 겁을 먹고 있으니. 이래선 절대로 전쟁에 승리할 수 없으니까.

아무리 처음으로 사냥 중에 생긴 사고였지만 앞으로도 이런 일은 비일비재 할 것이기에.

첫 단추를 잘 꿰는 것이 중요했다.

라이오스만은 대전에 있는 모두와 생각이 달랐다.

홀로 자신들의 전장을 휩쓸었던 그 모습이 뇌리에 박혀 있었으니까.

그런 건 타릭이 말한 세일란 족의 여왕이라도 불가능 했을 테니까.

차원전장에서 홀로 모두를 무릎 꿇게 했다는 소문은 그 어디에서도 들어본 적이 없었으니까.

"신 라이오스. 폐하를 따르겠습니다."

쿠웅.

라이오스가 대전에 무릎을 꿇으며 지후를 지지하자 다들 인상을 찡그렸다.

말려도 시원찮을 판에 같이 출진을 하겠다니 이게 무슨 소리란 말인가.

"라이오스! 이게 무슨 짓이냐! 이건 너희 엘프들만이 아닌 이곳에 있는 모두의 운명이 걸려있단 말이다!"

드워프 족장인 노이안은 라이오스의 발언에 분노했다.

아무래도 라이오스가 공을 세우기 위해서 무리수를 두는 것이라는 생각이 강하게 들었기 때문이다.

"너희는 왜 폐하를 믿지 못하는 거지?"

라이오스의 말에 모두가 벙어리가 된 듯이 라이오스를 바라봤다.

"폐하는 지난 전쟁에서 홀로 엘라인 제국을 무릎 꿇리셨다. 세일란 족을 본 적은 없지만 아무리 강하다 한들 세일란 족의 여왕이 엘라인 제국을 홀로 무릎 꿇릴 수 있다고 생각하나? 홀로 적진으로 돌질할 수 있었을까? 나의 형이 그들처럼 계략에 능했기에 알 수 있다. 그들은 강한 척을 하고 있지만 겁쟁이다. 진정 그들이 강하다면 그렇게 귀찮게 수를 쓸 이유가 없으니까. 내가 폐하와 함께한 시간은 지극히 적지만 두 가지 사실은 확실히 알고 있다. 백성을 생각하는 마음과 폐하의 무력. 나는 그 두 가지를 알기에 폐하가 무사히 돌아올 것이라고 확신한다. 그러니 이번 출진에 함께 할 수밖에. 너희들보다 공을 더 세워야 하는 내 입장에서는 이건 천금 같은 기회다. 이길게 뻔한 전투니까. 그러니 나는 폐하를 따라 출진하겠다."

지후의 무력을 가장 잘 알고 있는 지후의 최측근들은 라이오스의 말에 고개를 들 수가 없었다.

혹시나 하는 마음에 그런 불안감에 지후를 믿지 못했으니까.

지후는 한 번도 실망을 시킨 적이 없었는데 자신들의 믿음이 부족해 믿지 못했으니까.

지후는 다시 한 번 라이오스를 살려두기를 잘했다는 생각이 들었다.

역시 그는 타고난 전사였고 상황을 보는 눈이 밝았다.

거기에 분위기 파악까지 하고 지후의 가려운 등까지 긁어주니 지후는 라이오스가 더욱 마음에 들었다.

"제가 폐하께 불충을 저질렀습니다. 이번 전투에서 만회할 기회를 주십시오."

월로드가 한쪽 무릎을 꿇으며 고개를 숙였고 순식간에 모두가 무릎을 꿇으며 지후에게 만회할 기회를 달라고 하였다.

"모두 일어나라. 월로드는 당장 모든 나라와 길드에게 사냥을 금지시키도록. 혹시 아직 사냥 중이거나 돌아오지 않은 길드들이 있다면 당장 병력을 이끌고 구하러 가도록. 5만을 추려서 가도록."

"충!"

"각 영주들은 정예인원 100명씩만 추려서 내 뒤를 따른다. 그리고 수혁, 지현, 아영, 소영 이렇게 넷만 나를 따른다."

"충!"

"윌슨."

"예. 폐하."

"전 병력을 무장시키고 대기한다. 구조 신호가 온다면 병력을 보내고 구조 신호가 오기 전까지는 모든 포문을 열고 적들이 우리를 쫓아오는 것에 대비한다."

"충!"

"이번 작전은 소수로 할 것이다. 많은 수로 달려 들어봐야 몸을 빼기만 힘들고 희생만 커질 뿐이다. 모두 철저히 무장하고 준비해라. 그리고 죽지 마라. 우리는 우리의 동료를 살리기 위해 가는 것이지. 죽기 위해 가는 것이 아니다."

"충!"

여섯 종족의 성문 앞에는 탱크와 장갑차와 병사들이 긴장감을 유지한 채 도열하고 있었다.

그리고 뱀파이어들의 성벽 앞에는 지후와 604명의 정예 병들이 대기하고 있었다.

"왜 너희들만 데리고 가는지 의문인가? 지구인들은 왜 데리고 가지 않는지? 겨우 넷이 전부냐고? 이러면서 무슨 평등이냐고?"

"아닙니다."

아니라고는 하지만 자살특공대 같은 이 부대에 지구인들이 쏙 빠져있으니 영문을 모르는 병사들은 의문이 들 수밖에 없었다.

"말하지 않아도 안다는 건 개소리지. 그러니 설명을 해주지. 앞으로 너희와 나는 수많은 전장을 함께 할 것이다. 그런데 너희들의 전력을 나는 전혀 몰라. 우리는 함께 전투를 치러 본적이 없으니까. 적이었을 때와 아군일 때는 또 다르거든. 그리고 이 넷은 내가 가장 잘 아는 전사들이기 때문이다. 대충 의문은 풀렸다고 생각한다. 우리는 빠른 속도로 진군을 할 것이고 내 백성을, 너희들의 동료를 구하고 탈출할 것이다. 나는 오늘 적들에게 이지제국이 만만한 곳이 아님을. 우리를 건들이면 그 대가가 자신들의 목숨이라는 사실을 알려줄 것이다."

드론들은 빠르게 주변을 정찰했고 인질들이 잡혀있는 숲을 찾아내고 좌표를 전송해주고 있었다.

적들은 드론의 존재를 알고 있었고 충분히 파괴를 할 수 있었지만 내버려 두었다.

저것을 파괴하면 먹잇감들이 나타나지 않을 것 같았기에.

지후는 드론을 통해 좌표를 전송 받은 뒤에 적들의 눈이 미치지 않는 곳을 찾아 게이트를 열었다.

지후와 604명의 정예는 워프를 통해 인질들이 있는 곳과 약간 떨어진 곳에 나타났다.

바로 주위를 경계하며 전열을 가다듬었다.

적들은 기다리던 먹잇감이 나타났다는 사실을 인지했지만 당장 나서진 않았다.

맛있게 먹으려면 기다릴 줄도 알아야 하기에.

지후는 아이템의 효과를 이용해 604명의 사기와 능력을 올려주었다.

그리고 은밀하고 빠르게 인질들이 붙잡혀 있는 곳으로 이동했다.

드론이 보여준 정보에 의하면 생각보다 적들은 인질들이 있는 곳에 많지 않았다.

적들은 이지제국을 정탐하려는 듯 이지제국의 사냥터 전역으로 조금씩 분포되어 수색을 하고 있었다.

아마도 아까 살려 보내준 스트라이크 길드원들을 추적해서 이지제국의 위치를 파악했으리라 판단이 되었다.

인질들이 잡혀있는 곳의 지척에 도착하자 지후는 더 이상의 접근을 멈췄다.

인질들을 지키고 있는 적들의 숫자는 삼백이 안 됐다.

인질들은 500가량이었지만 모두 의식을 잃은 모습이었고 몰골은 곧 죽을 것처럼 처참했다.

그리고 각 나무에 아무렇게나 묶어놓은 모습은 너무나 허술했다.

'아무리 만신창이라지만 지키고 있는 녀석들의 수가 너무 적은데?'

지후가 이상하다는 생각을 하는 사이 지후의 명령을 무시한 채 뱀파이어 열은 자신의 동족들이 묶여 있는 곳으로 향했다.

멈추라는 말을 하기도 전에 뱀파이어들은 기척을 죽인채로 묶여있는 자신의 동족들에게 도착했다.

아마도 자신의 형제라도 묶여 있는 것인지 몇몇 뱀파이어의 행동은 빨랐다.

나무에 묶여있는 인질의 매듭을 자르자 매듭이 잘리는 소리와 함께 나무 위에서 무언가가 쏟아졌다.

"으아악!"

비명은 오래가지 않았다.

찰나였다.

그 찰나의 순간 인질과 함께 자신의 형제를 풀어주려던 뱀파이어는 녹아내렸다.

적들은 매듭을 풀거나 자르는 순간 발동할 부비트랩을 만들어 놓은 듯 했다.

울창한 나무에 가려져있던 산성용액들이 머리위로 쏟아졌고 비명을 지를 틈도 없이 녹아내렸다.

그나마 셋은 그 장면을 봤기에 매듭을 자르는 것을 멈추고 몸을 피했다.

하지만 늪을 밟은 듯이 땅이 꺼지며 밑으로 빨려들었고 그곳 또한 산성용액으로 뒤 덥혀 있었다.

마치 산성용액으로 된 수영장이라고 해야 할까?

세 명의 뱀파이어는 순식간에 바닥으로 빨려들며 녹아버렸다.

그 장면을 보던 모두의 마음속에는 완벽하게 당했다는 생각이 들었다.

인질을 구할 방법 따위는 없는 함정이었고 그랬기에 이곳을 지키는 적의 숫자가 적은 것이라고.

지후 또한 자신이 너무 안이했다는 생각이 들었다.

뱀파이어들이 명령을 듣지 않고 튀어나간 것은 괘씸하지만 함정을 알 수 있었기에 나쁜 상황은 아니었다.

나쁜 상황은 처음부터 함정이 있을 것이라는 것을 알면서도 이곳에 온 자신이었다.

지후는 함정이 다가 아니라는 느낌에 기감을 펼쳤고 그 순간 엄청난 사실을 알 수 있었다.

"모두 내 곁으로 모여! 당장!"

지후의 말에 594명의 병사들은 순식간에 지후의 곁으로 모였고 지후는 모두를 지킬 수 있을 정도로 큰 호신강기를 펼쳤다.

그 순간 호신강기를 때리는 적들이 나타났다.

"크아아아악!"

"죽어라!"

콰아아아앙! 쾅! 쾅쾅쾅!

적들의 욕설과 기합소리와 호신강기에 부딪히는 적들의 몸통들이 선명하게 모두의 눈에 들어왔다.

적들은 땅굴을 파고 이동할 수 있었고 땅속에서 대기 중이었던 것이다.

함정으로 인해서 시야가 분산되었던 그 순간을 노렸고 지후는 다행스럽게 그걸 미리 캐치해서 호신강기를 펼칠 수 있었다.

호신강기의 반탄력으로 인해 적들은 더 이상 호신강기를 때리지 않고 바라만 보았다.

슬레이어즈 길드의 생존자가 했던 말과 같았다.

적들은 마치 영화에서 보던 그것들과 비슷했다.

2~3미터가 되어 보이는 공룡과 비슷한 검은 몸체.

그 몸체는 윤기가 좌르르 흐르며 검은 빛을 내고 있었다.

징그러워 보이는 얼굴과 섬뜩한 이빨.

그 이빨 사이에서 흘러나오는 투명한 침들은 바닥에 닿을 때마다 연기를 일으키며 지글지글 닿는 모든 걸 녹여 버리고 있었다.

저 강해보이는 치악력도 무섭지만 섬뜩해 보이는 손톱은 모든 걸 찢어발긴 것처럼 붉은 핏물이 얼룩져 굳어 있었다.

그들뿐만이 아니었다.

보고에 없었던 땅굴을 파고 다니는 뱀처럼 보이는 녀석들은 흉흉한 살기를 보내고 있었다.

20미터는 족히 넘어 보였고 사람 두 셋은 가볍게 삼킬 듯한 흉흉한 얼굴이었다.

"젠장."

모두의 마음속에 드는 딱 하나의 단어였다.

그보다 지금 이 상황을 잘 표현할 단어가 어디 있겠는가.

적들은 함정을 파고 대기하고 있었고 그것을 알면서도 왔다.

물론 해낼 수 있다는 생각이 있었기에 시도했던 구출작 전이었지만 상상이상이었다.

적들은 영리했고 이미 호신강기가 사라지기만을 기다리며 주위를 빼곡하게 둘러싸고 있었다.

지후 또한 모두에게 미안한 감정이 들었다.

자신의 자존심과 억지로 인해서 모두를 사지로 끌고 왔기에.

황제라면서 너무 무리한 작전을 억지로 펼친 꼴이 되었기에.

지후의 머릿속에는 수많은 생각과 과정이 그려지며 어떻게든 살 방법을 찾고 있었다.

"하하하하하하. 병신 같네."

저런 것들한테 내가 쫄았다는 건가?

지후는 웃으며 욕설을 하고 있었고 모두는 지후를 바라
보며 의아한 시선을 거둘 수 없었다.

이 상황에 웃음이라니… 아무래도 황제는 미친 것 같았
고 자신들이 생각했던 이상적인 황제는 아니었던 것 같았
다.

"오빠…."

"지후씨…."

아영과 소영은 그런 지후를 보면서 신경이 쓰이지 않을
수가 없었다.

부부이기에. 지금 지후가 얼마나 자존심이 상하고 분한
기분을 느끼고 있는 지 선명하게 느껴졌기 때문이다.

"내가 언제부터 생각을 하면서 싸웠다고. 작전? 웃기지.
쓰지도 못하는 머리를 쓴다니 말이야. 난 나만의 스타일이
있는데."

순식간에 수많은 사람들의 가장이 되어버린 그에게 그들
의 무게가 짐이 되어 그의 시야를 좁히고 있었고 역시 자신
은 자신답게 싸우는 게 가장 맞다는 생각이었다.

언제부터 자신이 생각을 하고 싸웠고 작전을 짰다는 말
인가? 그건 머리 좋은 놈들을 시키면 되는 일이다.

그리고 지금 상황에서 자신이 할 수 있는 일은 단 하나였
다.

지후는 전방을 보며 미소를 지으며 팔찌에 기운을 불어

넣었다.

팔찌에 기운을 불어 넣자 지후의 소울아머가 활성화 되며 지후의 전신을 빈틈없이 뒤 덮었다.

"따까리!"

지후가 반지에 기운을 부르며 자신의 충실한 부하를 불러냈다.

쿠웅!

"예 마스터."

"녹으면 고쳐줄게. 그러니까 지금부터 파티다. 모두 쓸어버리자."

"예 마스터."

따까리의 눈에서는 붉은 빛이 폭사되었고 황금빛 몸체는 찬란한 빛을 뿜어내며 전장으로 향해 달려갔다.

따까리는 거듭된 전투와 지후의 기운을 충분히 머금으며 과거 S급 몬스터였던 자신의 아버지인 탄트론만큼 강해져 있었다.

아니, 탄트론은 웨이브로 인해서 한 단계 힘이 상승했던 거라면 따까리는 순수하게 그 힘을 내고 있었기에 더욱 강하다고 할 수 있었다.

따까리가 뛰쳐나가고 지후가 나갈듯한 모습을 보이자 다들 어떻게 해야 하나 명령을 기다렸다.

지후는 호신강기에 더욱 기운을 주입하며 호신강기를

겹겹이 둘렀다.

"모두 원거리 공격만을 한다. 원거리 공격이 불가능 하면 그냥 바닥에 굴러다니는 돌을 던져도 좋아. 다만 접근전은 불허한다. 내가 펼쳐놓은 황금빛 장막 안에서 나오지 말아라. 인질을 구하겠다고 경거망동 행동한다면 내 손으로 먼저 죽여주지."

아까 뱀파이어들이 지후의 명령을 어기고 인질들에게 접근했던 것을 상기시키며 더 이상 명령을 어기는 것을 차단했다.

다른 황제들처럼 노예들에게 들을 수밖에 없는 명령을 한다면 철저히 지켜질 테지만 지후는 그렇지 않았다.

그들에게 노예로 대우하지 않고 똑같이 자유의지를 주겠다고 했기에.

지후는 단 한 번도 그들의 심령에 대고 명령을 내리진 않았다.

언젠가 모두가 우러러 나오는 마음으로 함께 싸울 날을 기다리며.

"인질들은 내가 구해오지. 그러니 공격에 집중해라. 인질들이 방어막 안으로 들어오면 치료가 가능한 자들은 바로 치료에 들어가도록."

지후는 말을 마친 뒤에 바로 적들을 향해 돌진했다.

적들은 지후가 달려오자 기쁨의 포효를 질렀다.

최고의 먹이이자 자신들이 함정을 팠던 이유가 자신들을 향해 달려오기에.

"크아아아악!"

"죽여라!"

"저 놈은 내 먹이다!"

"여왕님께 바칠 재물이다!"

콰아앙!

흙먼지가 일어나며 황금빛이 폭사되었고 거체의 골렘인 따까리는 적들을 짓이기기 시작했다.

따까리가 주먹을 내리치고 바닥을 밟을 때마다 적들은 속수무책으로 압사 당했다.

적들과 따까리는 상성이 맞지 않았다.

따까리는 금속으로 이루어져 있기에 적들의 공격에 생명 체들처럼 쉽게 상처입지 않았고 죽지만 않는다면 주인의 공간에 들어가서 회복을 하면 되었기에 따까리는 그 어떤 두려움도 없이 적들을 압도하고 있었다.

따까리가 설치며 주변을 초토화 시켰고 따까리의 눈에서 는 붉은 레이저가 쉴 없이 쏟아졌다.

적들도 더 이상 인질들을 신경 쓰고 있을 틈이 없었다.

지후는 따까리가 적들을 유린하는 사이 인질들의 구출에 나섰다.

인질들에게 일일이 호신강기를 걸은 뒤에 허공섭물로

인질들을 이동시켰다.

호신강기 덕에 쏟아지는 산성용액 속에서도 무사히 그들을 구할 수 있었다.

순식간에 지후는 인질들의 구출에 성공했고 인질들은 모두 지후와 함께 온 정예 병력들이 있는 곳으로 들어갔다.

"치료해!"

지후의 말에 치료가 가능한 자들은 분주하게 움직였다.

보건복지부 장관이자 황제의 누이인 지현이 광역 힐을 펼친 뒤에 본격적으로 인질들의 치료가 시작됐다.

다들 순식간에 인질들을 구해 낸 지후의 능력에 압도되었다.

잠시 자신들의 폐하를 원망했던 스스로가 부끄러워 얼굴을 붉혔지만 계속 그러고 있을 틈이 없었다.

앞으로는 무슨 일이 있더라도 황제를 믿는다는 생각이 모두의 가슴속에 새겨졌고 그 절대적인 믿음은 앞으로 있을 전쟁에 엄청난 도움이 되었다.

그들은 노예지만 노예가 아니었고 모두가 황제폐하를 중심으로 이지제국의 발아래에 결속했기에.

황제는 그들을 노예로 취급하지 않았고 평등하게 대해 줬고 그들은 그런 황제에게 보답하기 위해 전쟁터에서 혼을 불살랐다.

지후는 인질을 모두 구출한 뒤에 본격적으로 공격을 시작했다.

무수히 많은 심검이 전장에 쏟아지기 시작했고 적들은 비명을 지르고 있었다.

적들은 회복을 하기 위해서 생명체를 먹어야 했는데 먹을 생명체가 없었다.

따까리는 피와 살이 없는 골렘이었기에 먹을 수도 없었고 적들은 따까리와 싸울수록 상극이라는 생각이 들 뿐이었다.

지후의 공격은 쉬지 않고 쏟아졌고 그 공격을 피해도 따까리의 주먹이 그들을 압사했다.

지후와 따까리는 적들에게 틈을 허용하지 않고 공격을 강행했다.

적들은 빠르고 힘이 넘쳤다.

하지만 지후와 따까리는 그 이상이었다.

지후는 적들보다 훨씬 빨랐다.

지후의 빠른 움직임과 빈틈을 파고드는 별것 아닌 공격들에는 엄청난 기운이 담겨 있었고 그건 적들에게 엄청난 압박감을 선사했다.

적들은 비로소 눈앞의 먹이가 그동안 상대하던 적들과는 무언가 다른 존재라는 것을 인식하기 시작했다.

잘못하면 반대로 자신들이 먹잇감으로 전락하게 될지도

모른다는 불안감이 그들을 강타했다.

◇

지후가 만들어준 호신강기 안에서 지후와 아군으로 처음 전투에 임하는 590명의 이 종족들은 적들과 홀로 싸우는 자신의 새로운 주인의 모습을 보면서 감탄을 하며 벌어진 입을 다물 수가 없었다.

지후의 공격은 정말 환상적이었다.

홀로 적진의 틈에서 빠른 움직임과 간결한 공격으로 실전에 최적화된 군더더기 없는 움직임이란 무엇인지 제대로 보여주고 있었다.

지후가 보여주는 모습은 보기에는 그렇게 대단해 보이지 않는 주먹질과 발길질이었다.

그냥 봐서는 결코 화려해 보이지 않았지만 그 연계와 결과물은 너무나 화려했다.

불꽃축제가 아닌 육편축제랄까?

펑 펑 소리와 함께 적들의 육편이 하늘로 튀었고 그 장면들은 화려했지만 섬뜩했다.

굳이 화려한 공격이 아닌 기본과 실전에 최적화된 공격만으로 저런 장면을 연출 할 수 있다는 사실에 자신들의 새로운 주인이 된 황제를 바라보던 590명의 다른 종족들은 온몸에 전율을 느꼈다.

적들은 지후의 공격에 전의를 상실하고 있었다.

그들은 영악하고 계산적인 종족이었기에 이대로는 안 된다는 생각을 하고 있었고 그런 생각이 들자 조금씩 뒤로 빠지고 있었다.

적들은 뒷걸음질을 치면서도 혹시라도 지후가 공격을 할까봐 산성 침을 입 안 가득 머금고 있었다. 벌리고 있는 아가리의 이빨 사이사이에서는 바닥을 향해 침이 뚝뚝 흘러내리고 있었다. 침으로 인해서 녹아내리는 대지는 이글이글 타오르며 연기를 뿜어내고 있었다.

그 연기에서는 독성마저 느껴졌기에 무리하게 적들을 쫓을 생각이 없었다.

일단은 인질이었던 사람들을 안전하게 안전지대로 이동시키는 것이 우선이었기 때문이다.

지후의 곁으로 따까리가 거체를 움직이며 다가왔고 몸의 곳곳이 녹아내린 모습이 지후의 눈에 들어왔다.

그나마 인간이 아닌 골렘이라는 사실이 다행이라면 다행이었달까?

상당히 처참한 상태의 따까리였기에 지후는 바로 따까리를 소환해제 했다.

그리고 세이버 팔찌에 보관중인 내공을 따까리가 잠든 반지로 주입했다.

지후가 인질들과 병력을 데리고 워프를 하려는 찰나 지후의 귓가엔 다급한 무전이 들어왔다.

[폐하. 월슨입니다.]

"목소리 들으면 알아. 왜?"

[일단 월로드 외성 수비대장님이 지원을 요청하셔서 간신히 적들과 교전을 치르며 사냥 중이던 중국인들을 구해오긴 했습니다만….]

"그런데?"

[아직 월로드 외성 수비대장님과 5만의 병력이 이천의 다국적 기업의 길드들을 보호하느라 돌아오지 못했습니다.]

"그럼 너도 무전 그만하고 가서 도와줘."

[그러고 싶지만 문제는…. 적들이 더 이상 저희가 나갈 수 없도록 저희의 진영을 포위하며 공격하기 시작했습니다.]

"어차피 안전지대에 들어오지 못하는 데 왜 포위를 해?"

[아무래도 더 많은 인질을 확보하기 위함인 것 같습니다. 이대로라면 월로드 외성 수비대장은 적들에게 앞뒤로 공격을 받고 돌아오지 못할 것입니다.]

'이래서 쉽게 물러났다는 건가? 더 많은 병력과 인질로 나를 맞이하기 위해? 진짜 잔대가리만 굴리는 종족이구만.'

"좌표 보내."

[예. 폐하.]

지후는 일단 안전지대로 모두와 워프를 한 뒤에 인질들을 병원으로 이송시키라고 명한 뒤에 윌슨이 보내준 좌표로 다시 이동했다.

펑! 파아아아앙!

콰아아아아앙!

지후와 594명은 윌슨이 있는 곳으로 이동을 했고 치열한 전투를 치르는 중인 아군을 발견했다.

탱크와 장갑차에선 쉬지 않고 불꽃을 토해내고 있었고 적들도 쉬지 않고 달려들었다.

문제는 아까 상대하던 적들과는 전혀 달랐다.

중세시대? 사이런 왕국 군들과 비슷한 모습을 하고 있는 모습의 인간들과 원시인들처럼 보이는 인간 등.

여러 피부색과 여러 복장으로 자신들이 서로 다른 차원의 노예임을 알리고 있었고 그들은 집요하게 이지제국의 병사들을 공격했다.

그들은 두려움 따위는 없다는 듯이 그저 전진만을 하고 있었고 윌슨을 필두로 이지제국군은 필사적으로 막아내고 있었다.

"아주 난장판이구만."

지후는 딱 한마디로 평했고 그 한마디가 지금 상황을

모두 말해주고 있었다.

"형님!"

"누가 네 형님이야? 황제폐하라고 불러라."

"와 감투 좀 쓰셨다고 너무⋯."

윌슨은 더 이상 말을 잇지 못했다.

주변에서 쏟아지는 아군들의 살기와 적들의 공격은 윌슨이 지후에게 평소처럼 개기는 것을 허락하지 않았다.

물론 윌슨과 지후는 서로 장난이라는 것을 알았다.

서로를 알기에 지후가 자신에게 장난을 치고 있다는 것을 알고 있는 윌슨이었다.

물론 윌슨이 예나 지금이나 한 결 같이 모자란 허당이었기에 가능한 일이었지만.

윌슨이 월로드처럼 처세에 밝거나 눈치가 있는 인물이었다면 아무리 친하다고 지후에게 형님이라고 하기는 힘들었을 것이다.

전쟁터에서 가장 위험한 게 뭔지 아는가?

바로 방심이다.

윌슨은 지후를 보는 순간 긴장감을 푼 채 방심을 해버렸고 지후와 농담을 주고받는 사이 적들은 윌슨을 공격했다.

간신히 치명상은 피하며 방어에 성공했지만 윌슨의 몸에선 순식간에 핏물이 뚝뚝 흘러 내렸다.

윌슨은 손등으로 흘러내리는 피를 애써 무시하며 우산을 펼쳤다.

"먹어라 씹새들아!"

윌슨은 공격을 막으며 반사되는 불꽃을 폭사하며 적들에게 욕설을 내뱉고 있었다.

하….

윌슨을 바라보며 지후는 한숨밖에 나오지 않았다.

영국의 왕자이자 자신의 여동생과 결혼한 놈이다.

그리고 이지제국에서도 누구도 범접하지 못할 지위를 가지고 있었다.

그런 인간이 저리도 천박할 수 있다는 말인가.

그나마 요즘은 전투 중에 생리현상으로 쇼를 하지 않았기에 참고 있는 지후였지만 조만간 날을 잡아서 윌슨의 정신교육을 다시 해야 한다는 생각이 들었다.

"내가 황제의 여동생과 결혼한 윌슨이다! 신호위반의 승리자가 바로 나다!"

윌슨의 말에 지후의 얼굴은 붉게 물들었고 주먹이 파르르 떨렸다.

'속도위반이라고 이 새끼야! 그리고 나까지 창피하게…. 적들한테 아주 신상정보를 푸는 구나….'

윌슨의 자기소개와 함께 스스로의 인질로서의 가치를 높였고 적들은 윌슨에게 더욱 더 거세게 달려들었다.

덩달아 윌슨의 말이 무슨 뜻인지 알아들은 수혁, 지현, 아영, 소영은 부끄러워 고개를 들 수가 없었다.

분명히 위험한 상황이고 도와줘야 하는 상황인데 묘하게 도와주고 싶다는 생각이 들지 않았고 긴장감이 들지 않았다.

"다들 뭐해! 장님이야!"

윌슨은 적들의 파상공세를 홀로 감당하며 소리를 고래고래 지르고 있었다.

"안 도와주고 뭐해! 이러다가 나 죽어! 지수 과부 만들 거야!"

어쭈? 이제 반말까지? 아주 막나가자는 거야?

그리고 지수가 과부가 되든 말든 그걸 이 많은 사람들 앞에서 떠들어야만 했냐 새끼야!

보다 못한 수혁이 지후를 바라봤고 지후는 고개를 끄덕이며 빨리 가서 저 입을 닫으라는 무언의 명령을 했다.

수혁은 자신의 상체만한 베틀엑스를 휘두르며 윌슨에게로 향했고 그런 수혁의 주변으로 아영의 화살이 쏟아졌다.

수혁은 아영의 화살비속에서 안전하게 윌슨이 있는 곳까지 당도할 수 있었고 윌슨의 입을 닫아버리겠다는 듯이 거칠게 베틀엑스를 휘둘렀다.

콰아앙!

수혁은 거칠게 베틀엑스를 휘둘렀지만 적들의 윌슨을 향한 집중공격은 수혁 혼자 도운다고 해결 할 수 있을 정도로 가볍지 않았다.

그 모습을 바라보던 지현과 지후의 두 부인이 나섰고 조금씩 반전이 일어났다.

다섯 사람을 바라보는 다른 종족들의 시각엔 감탄이 서려있었다.

생각이상으로 강했다.

사실 황제를 제외한 이지제국의 무력은 별 볼일 없다고 생각했었는데 홀로 버텨낸 윌슨을 보며 여러 종족들은 생각이 바뀌었다.

아직 황제폐하만큼 자연스러운 움직임은 아니었지만 경험이 쌓인다면 지금보다 훨씬 강해질 것 같은 사내였다.

물론 아직 공격은 투박하고 그의 몸짓은 경박했지만 미래가 기대되는 사내였다.

거기다가 내성 수비대장의 도끼질은 정말 일품이었다.

아직은 적들을 한 번에 끝내는 것보다는 상처를 입히는 것에 주력하는 모습이었지만 그의 움직임은 결코 나쁘지 않았다.

그가 적들의 움직임을 둔하게 만들면 황제폐하의 두 부인이신 황비마마들이 적들의 목숨을 취했으니까.

큰 마마의 화살은 백발백중이었고 단 한발의 화살의 낭비도 없었다.

거기다가 적절한 타이밍에 견제까지 제대로 하니 지적할 부분이 전혀 없었다.

작은 마마의 검술 또한 일품이었는데 마치 폐하가 검을 휘두르는 듯한 모습이었다.

최소한의 움직임으로 단숨에 적의 숨통을 끊는 모습은 폐하가 검을 잡으면 저런 모습일까 생각이 드는 모습이었다.

거기에 폐하의 누이라는 보건복지부 장관은 실드를 이용해 적절히 아군에게 도움을 줬고 중간 중간 아군의 체력을 채워주며 왜 그녀가 황제의 핏줄인지를 알렸다.

특히 실드를 이용한 견제와 방해는 일품이었다.

적이 공격을 하려고 할 때 실드를 이용해 움직임을 제한적으로 하고 발밑에 갑자기 실드를 생성시켜 균형을 무너뜨리는 모습은 실드라는 기술을 이렇게도 응용할 수 있다는 사실을 모두에게 알려주고 있었다.

여섯 종족은 다섯 사람의 전투를 보면서 감탄을 하며 많은 것을 배우고 있었다.

상황이 어느 정도 정리되자 지후는 황금 빛 강기를 난사하기 시작했다.

엄청난 폭음과 흙먼지가 조금 거치자 아직 살아있던

적들이 후퇴를 하는 모습이 눈에 들어왔다.

그 모습에 이지제국의 병사들은 환호성을 질렀다.

다섯 사람은 다행히 무사했다.

아니, 네 사람만 무사하고 윌슨은 처참했다.

지현은 윌슨을 딱 움직일 수 있을 정도만큼만 치료했었기에 여전히 그는 치료가 필요해 보였다.

윌슨은 지후에게 달려와 죽을 만큼 힘든 전투였지만 자신 덕에 승리했다는 듯이 말을 하고 있었고 그 모습에 지후는 한숨이 나왔다.

"형님! 저 정말 죽는 줄 알았습니다."

"차라리 그냥 죽지…."

아주 조용히 혼잣말을 했지만 윌슨의 귀에는 그 말이 똑똑히 들렸다.

"형님! 동생이 정말로 죽다가 살아났는데 무슨 그런 섭섭한 말씀을 하세요! 그러다가 지수가 과부되면 어쩌려고!"

"죽다가 살아났으면…. 그럼 뭔가 좀 달라져야 하는 거 아니냐? 죽다 살아나면 그동안 삶을 반성하면서 새사람이 된다던데. 넌 왜 달라진 게 없어 보이냐? 내가 새 사람이 될 기회까지 줬건만."

윌슨은 자기 할 말은 끝났다는 듯이 지후의 뒷말은 무시한 채 지현에게 향했다.

그리고 치료를 부탁했고 지현은 정말 치료를 해주고 싶지는 않았지만 지수의 남편이니 어쩔 수 없이 치료를 해줬고 윌슨의 모든 상처가 아물었다.

지후는 왜인지 모르게 윌슨의 몸이 치료가 되지 않았으면 하는 생각이 들었다.

그러면 몸에 큼지막한 흉터라도 하나 만들어주고 싶은 기분이었다.

그걸 매일 보면서 제발 반성이라는 걸 하는 인간으로 만들어 주고 싶었다.

지후는 요즘 강제로 철이 든 인생을 살고 있는데 윌슨은 여전했고 그 모습을 볼 때마다 지후는 이상하게 화가 치밀어 올라 올 때가 있었다.

"형님! 이제 윌로드 형님한테 가시죠? 늦으면 샌드위치 돼서 생매장 당하게 생겼는데."

윌슨은 밝게 웃으며 이제 다 회복이 됐다는 듯이 자신의 형제를 구하러 가자고 지후에게 말을 하고 있었고 지후는 자신이 왜 화가 치밀어 오르는지 드디어 알 수 있었다.

저 철없어 보이는 밝은 웃음을 보자 확신이 들었다.

자신이 지향하던 가벼운 깃털 같은 삶을 사는 윌슨이 부럽고 마음에 들지 않았던 것이다.

조만간 오마바와 의논해서 가장 복잡하고 어려운 자리에 윌슨을 묶어버릴 생각이 들었다.

지수가 만약 잔소리를 한다면 지수도 남편을 잘못 둔 죄로 강제로 일을 시킬 생각이다.

그들의 얼굴에서 저 해맑은 웃음을 없애버리리라 지후는 오늘 마음을 먹었다.

오늘 더는 윌슨의 얼굴을 보고 싶지 않았기에 윌슨은 여전히 이곳을 지키도록 남겨둔 뒤 이동하기로 마음먹었다.

윌슨은 지후가 자신을 두고 간다고 하자 욕을 하며 자신도 데리고 가라며 땡깡을 부렸지만 주위에서 보내는 자신을 향한 살기에 더 이상 억지를 부릴 수 없었다.

지후는 황제였기에 자신이 예전처럼 억지를 부려선 안되는 것이었다.

윌슨은 앞으로 사람들이 있는 곳에서는 자제를 해야 한다는 것을 느꼈지만 그 해맑은 뇌는 오랜 시간 자제를 하지는 않았다.

"너 괜히 움직이지 말고 여기 잘 지키고 있어. 신호탄 쏘지도 않았는데 움직이거나 하면 진짜 화낸다."

"예!폐하!"

윌슨은 빈정대며 자신이 낼 수 있는 가장 큰 목소리로 외쳤다.

지후는 그 모습을 보며 고개를 도리도리 저으며 594명과 함께 워프를 했다.

빛과 함께 지후와 594명의 이지제국의 병사들이 모습을 드러냈다.

채앵! 챙! 챙챙챙!

퍼엉!

콰아아아앙!

병장기가 부딪치는 금속음과 폭음, 작렬하는 불꽃이 지후와 594명의 이지제국의 병사들에게 인사를 보내왔다.

역시 월로드는 월로드였다.

나름 대형을 유지하며 적들에게 둘러싸인 상황에서도 침착하게 대응하고 있었다.

하지만 대형을 무너뜨리려는 적들의 수는 너무 많았고 그 적들은 강했다.

조금씩 대형을 유지하는 병사들이 힘에 부쳐하는 모습이 보였고 다행스럽게도 아직은 버텨내고 있을 때 지후와 함께 지원군이 도착했다.

적은 지원군에 자신들이 버려진 게 아닌가 하는 실망이 있었지만 지후의 모습이 보이자 실망은 희망으로 바뀌었다.

황제이자 1인 군단이었다.

그는 아무리 많은 병력이 도우러 오는 것보다 큰 파급력이 있었고 병사들에게 열렬한 지지를 받고 있었다.

지후는 대형을 유지중인 병사들의 주변에 심검을 띄웠고 적들을 향해 심검을 쏘아 보냈다.

쉬이이익!

지후의 심검들이 적들을 향해 쏘아져 나가자 적들은 갑작스러운 공격에 금방이라도 무너뜨릴 수 있었던 적진을 뒤로 하고 후퇴했다.

황금 빛 심검들을 보고 잠시 당황했지만 적들은 큰 피해를 입지 않았다.

그 모습에 윌로드를 비롯한 이지제국의 병사들은 당황했다.

적들은 폐하의 공격을 피하고 쳐내고 막아내며 후퇴했다.

이토록 일사분란하게 움직이며 적은 피해를 입은 적들은 그동안 없었기에 모두가 당황하는 순간이었다.

가죽갑옷을 입고 있는 전사들은 중동 인들과 비슷한 모습이었고 강철갑옷을 입고 있는 기사들은 백인들과 비슷한 모습이었다.

그들은 윌로드가 막고 있던 대형을 끊임없이 공격하다가 지후의 공격이 쏟아지자 순식간에 후퇴하며 회피했다.

가죽갑옷의 전사들은 심검을 피하거나 무기로 쳐내며

백스텝을 밟았고 강철갑옷을 입고 있던 기사들이 후퇴하던 병력을 보호하기 위해 방패를 들어 막으며 함께 백스텝을 밟았다.

그 유기적인 움직임은 적들이 만만한 상대가 아니라는 사실을 단번에 알려주고 있었다.

적들은 후퇴를 했지만 사방에서는 이상한 음성이 들렸고 그 음성인지 노래인지 알 수 없는 소리가 끝나자 엄청난 빛이 전장에 폭사했다.

잠깐 핵이라도 터진 게 아닌가 싶을 정도로 빛이 전역으로 퍼져 나갔다.

잠시 적들이 물러선 사이 지후는 월로드가 있는 곳으로 걸음을 옮겼고 대형을 유지하던 방패 수들은 황제가 들어올 수 있도록 길을 열어줬다.

이지제국의 병사들은 황제인 지후를 보자 기세가 올라 만세를 외치며 함성을 질렀다.

지후는 병사들이 함성을 지르는 이유가 무엇인지 알기에 만끽할 수 있도록 잠시 기다려 줬다.

적들의 공세가 조금만 더 이어졌다면 이들은 전멸을 면치 못했을 것이다.

그런 순간 구세주가 나타났으니 오죽 기쁘겠는가.

지후는 아이템의 기운을 퍼뜨리며 병사들의 사기를 높였다.

곧 엄청난 전투를 치러야 했기에.

아직 아무도 느끼지 못하고 있었지만 지후는 이곳을 둘러싸고 퍼져있는 흉흉한 기운을 읽을 수 있었다.

보이는 게 다가 아니었다.

기감을 넓히자 첩첩산중이었다.

적들은 지후가 안전지대로 돌아가지 못하도록 천라지망을 펼치고 있었다.

지후가 혼자 도망가면 적들은 병사들을 도륙하며 이지 제국의 무력을 약화시키고 사기를 떨어뜨릴 것이었고 지후가 도망을 가지 않고 싸우더라도 충분한 피해를 줄 수 있는 상황이었기에 적들은 필사적으로 공격을 감행할 계획이었다.

지난 엘라인 제국과의 전투보다도 더욱 치열한 전투가 펼쳐질 것이다.

한 치의 물러섬도 없는 오직 삶과 죽음만이 있는 처절한 전투가.

바로 워프를 하거나 게이트를 열어서 이동을 하고 싶지만 적들이 이상한 빛을 터뜨린 뒤로 주변의 기운이 이상하게 꼬여있었다.

이 상태에서 워프를 하거나 게이트를 통해 이동한다면 오히려 개죽음을 당하는 수가 있기에 방법은 정면 돌파뿐이었다.

'확실히 여왕이란 년이 영악하군.

왜 이렇게까지 하는 건지 대충 알겠어. 차원전쟁기간이 아니기에 다들 전쟁 때처럼 무장중이지도 않고 마음가짐도 해이하니까.

병사들의 마음가짐도, 무장상태도 전쟁기간이 아니기에 전쟁 때처럼 날카롭지는 않지.

본격적인 전쟁기간보다는 훨씬 상대하기 쉬운 기간인 지금을 노린다는 건가.

세력을 약화시켜도 좋고 나를 잡아도 좋다는 그런 건가….'

지후는 주먹을 말아 쥐며 이지제국이 있을 곳을 바라봤다.

이제 곧 적들의 파상공세가 이어질 것이다.

최대한 많은 수가 살아서 안전지대로 가야했고 그것은 황제인 자신의 몫이었다.

"지금부터 우리는 이동을 시작한다. 적들은 우리가 돌아가지 못하도록 파상공세를 취할 것이다. 아마 우리는 최악의 전투를 치루며 전진해야 할 것이다. 우리의 목적은 이지제국을 향해 후퇴를 하는 것이지. 적들의 목숨을 취하거나 이 전투의 승리가 아니다. 각자 자신을 돌보고 최대한 살아남아라. 이지제국을 향해 발을 멈추지 말고 이동해라. 옆에서 동료의 죽음을 보거나 비명을 듣더라도 무시하고 전진해라. 너희들은 모르겠지만 상상이상의 적군이 우리를 둘러싸고 있다. 그러니 자신만 생각하고 자신만 방어하며 후퇴해라. 동료들의 비명과 복수는 다음번에 몇 배로 해준다. 우선은 살아서 후퇴하는 것이다. 살아야 복수도 할 수 있는 것이다. 최대한 살아남아 복수를 할 수 있도록 오늘은 전력을 다해 후퇴해라."

함성을 지르며 환호를 한지 얼마 지나지 않아서 일까 황제의 음성은 유난히도 침울하게 느껴졌다.

평소의 자신감이 넘치던 황제의 목소리가 아니었다.

자신들이 아는 황제라면 지금 모두를 살릴 수 없다는 사실에 스스로 자책을 하고 있을 것이라는 생각이 들었다.

황제가 여전히 자신들을 생각하고 있다는 것이 너무나도 선명하게 느껴졌기에 모두는 마음을 다 잡았으며 입가에 미소를 지었다.

저런 황제와 함께 치루는 전투다.

아닌 척 하지만 은근히 모두를 위하는 따뜻한 황제다.

분명히 황제는 약속을 지킬 것이다. 몇 배로 적들에게 돌려줄 것이라 믿어 의심치 않기에 병사들은 무기를 고쳐 잡으며 황제만은 살리리라 다짐했다.

지후는 윌슨에게도 무전으로 언제든 자신들을 향해 진군할 수 있도록 준비하고 있을 것을 명령했다.

"가자! 그리고 살아남아라!"

"추웅!"

모두가 하나가 되어 이지제국을 향해 이동을 시작했다.

지후는 기감을 펼쳐 적들의 위치를 살폈다.

문제는 워프를 방해하던 그 기운이 사방에 퍼져있어 적들의 위치를 파악하는 것조차 쉽지가 않았고 더 이상은 심검의 비를 쏟아 내거나 할 수가 없었다.

지후는 기운의 통제는 누구에게도 뒤지지 않는다고 생각했지만 그 알 수 없는 빛은 몸에서 벗어난 기운들의 통제를 제대로 방해했다.

광역 공격인 만큼 섬세한 컨트롤이 생명인데 지금처럼 통제가 되지 않는다면 아군과 적을 가리지 않는 눈먼 공격일 뿐이었기에 상황은 점점 더 열악해졌다.

울창한 숲은 바람이 불때마다 무어라 표현하기 힘든 흉흉한 바람소리를 내고 있었다.

지후와 이지제국의 병사들은 섬뜩한 느낌을 뒤로하고 자신들이 돌아가야 할 곳을 향해 쉬지 않고 발을 움직였다.

쉬이익!

쉭! 쉭! 쉭!

공간을 뚫는 듯한 날카롭게 파고드는 파공성 소리와 함께 창들이 후퇴중인 이지제국군의 머리위로 날아왔다.

지후는 모두를 지킬 수 있는 호신강기를 펼치려 했지만 역시 알 수 없는 기운의 방해를 받아 모두를 지킬 호신강기를 펼칠 수 없었다.

다들 날아오는 창을 보며 당황할 수밖에 없었다.

창들은 엄청난 속도로 이지제국군의 진영을 파고들었고 방패수들은 방패를 들어 막았지만 그 창에는 엄청난 기운이 담겨 있었다.

쾅!

콰직!

방패로 창을 막아내던 방패수들은 창의 위력에 넘어지기 일쑤였고 몇몇 방패는 창에 꿰뚫리고 있었다.

"막지 말고 피해! 그렇다고 전열을 이탈하지는 마라! 그러는 순간 적들의 표적이 된다! 모두 피해내라!"

지후는 황금빛 백보신권을 펼치며 최대한 많은 창을 막아내기 위해 쉬지 않고 주먹을 휘둘렀다.

쾅! 쾅쾅쾅! 쾅쾅쾅쾅쾅!

다행히도 그동안 지옥훈련의 효과가 있었는지 보법을 이용해 많은 병사들이 창들을 피해냈다.

날아오던 창의 비가 멈추자 본격적으로 적들이 몸을 날려 왔다.

동서남북, 아니 어느 곳에든 적들이 있었다.

적들은 마치 무너진 독에서 물이 쏟아지듯이 이지제국군을 향해 무기를 휘두르며 몸을 부딪쳐 왔다.

대형이 완벽하게 무너지진 않았지만 어느새 전투는 난전

이 되고 있었고 적들은 대형을 뛰어넘으며 안쪽으로 순식
간에 침투하고 있었다.

적들은 다양했다.

그리고 이상한 소리와 함께 빛을 터뜨려 기운을 방해했
던 적들이 누구인지도 알 수 있었다.

망토를 두르고 있는 적들은 너무나 음침해 보였다.

그들은 원거리에서 주술을 사용해 이지제국군을 끊임없
이 방해하고 견제했다.

아까 보았던 전사들과 기사들의 공격도 매서웠지만 정말
골치 아픈 적들은 따로 있었다.

원시인이라고 해야 할까?

중요부위만 가린 채 무기를 휘두르는 적들의 모습엔 야
성의 감각이 넘쳤다.

야성 그 자체였다. 장발의 머리는 산발을 하고 있었고 그
들은 제대로 된 방어구조차 입지 않고 있었다.

무기는 뼈를 이용해 만든 것 같은 모습을 하고 있었고

문제는 너무나 날렵하고 강했다.

그리고 체계적인 공격이라기보다는 야성의 감각으로 무
기를 휘두르는 것 같은데 그 공격은 너무나 날카롭고 무거
웠다.

자유로워 보이지만 무리를 통솔하는 자의 인솔을 제대로
따르고 있었다.

그저 무식하게 무기를 휘두르는 것처럼 보이는 듯 했지만 그들의 대형은 완벽했고 마치 한 덩어리처럼 유기적으로 움직이며 이지제국군을 도륙하고 있었다.

너무나 본능적이고 야성적인 움직임이었다. 빠르고 날렵하고 변칙적이었다. 날것그대로의 움직임이 저런 게 아닐까 싶은 움직임이었고 그들의 공격은 방패로 막기에도 부담스러울 정도로 무거웠다.

그들의 공격은 보이지도 않을 만큼 빨랐고 그 일격이 스친 곳들은 그 공격에 엄청난 힘이 담겨있다는 것을 알리듯이 부서지고 갈라지고 있었다.

서걱!

그들이 만든 하얀 뼈로 된 무기들엔 어느새 병사들의 붉은 피가 뚝뚝 떨어지고 있었다.

쏴아악!

지후는 자신의 목 젓을 향해 찔러오는 창을 고개만 살짝 틀어서 피한 뒤에 창병의 손목을 잡아 비틀었다.

쾅!

지후의 주먹이 닿을 때마다 묵직한 소리가 들렸고 그 소리와 함께 적들은 쓰러지고 있었다.

지후는 쓰러지는 아군 병사들의 모습에 분노했고 그 분노를 자신의 주먹에 담아 적들을 향해 휘둘렀다.

채앵! 챙! 챙! 챙!

타다다다타탕! 탕! 탕! 탕!

적들과 병장기를 부딪치며 난타전이 벌어지고 있었고 그 동안의 훈련이 헛된 훈련은 아니었던 건지 제법 체계적으로 병사들의 총구에선 불꽃을 뿜어내고 있었다.

"쏴!"

"멈추지 마! 적들이 접근하지 못하도록 계속 쏴!"

즉사는 시키지 못하고 있었지만 제법 피해를 입히고 있었고 적들도 무작정 접근을 하지는 못했다.

하지만 밀려드는 적의 숫자가 워낙 많았고 적들이 방패수들을 앞세우며 접근하자 본격적인 난타전이 시작되었다.

좌악! 퍼억!

으아악! 크으윽….

곳곳에서는 부딪치는 금속음과 비명소리, 고통을 참아내는 신음소리가 들리고 있었다.

이지제국의 병사들은 밀려오는 적들에게 맞서 쉽게 밀리지 않았다.

쉴 틈 없이 밀려드는 적들의 공격은 이지제국의 병사들이 두려움을 느낄 틈조차 주지 않고 있었고 황제폐하만큼은 살리겠다는 병사들의 의지와 독기가 그들을 쉽사리 쓰러지도록 하지 않았다.

상황은 점점 안 좋아져만 갔지만 여섯 영주들의 활약은 대단했다.

그들은 모두 그랜드마스터에 올라있었고 결코 그 자리를 인기투표로 얻은 것이 아니었다.

드워프이자 갈색부족의 족장인 노이안은 적군에 있는 마스터 급 능력자를 힘으로 압도하며 전진하고 있었다.

적의 채찍이 노이안의 전신을 두들겼지만 그의 무식하리만치 큰 해머는 적을 향한 공격을 멈추지 않았다.

채찍을 맞은 노이안의 몸에선 피가 튀고 살점이 튀고 있었지만 전혀 아랑곳하지 않으며 적에게 해머를 휘둘렀다.

오크족장과 나스크족장도 자신들의 위력을 과시하며 적들에게 무력시위를 제대로 하며 길을 열고 있었다.

그들이 여는 길을 카일을 필두로 한 기사들과 마법사들이 빠르게 돌파하며 병사들에게도 길을 만들어 주고 있었다.

문제라면 뱀파이어 영주인 세스크와 엘프들의 수장인 라이오스였다.

세스크에겐 가죽갑옷을 입고 있는 전사와 은빛갑주로 전신을 두르고 있는 마스터 급 기사가 동시에 공격을 가하고 있었다.

쌍도끼를 정신없이 휘두르는 전사와 장검과 방패술로

공격을 하는 기사의 공격에 세스크는 이를 악물었다.

일대일 전투였다면 세스크가 쉽사리 이겼겠지만 지금은 상황이 좋지 않았다.

그 두 종족은 세스크를 계속 몰아쳤고 세스크는 난전중인 동료들의 비명소리에 제대로 집중을 할 수가 없었다.

"빌어먹을… 고작 이따위 녀석들이 고귀한 피를 이은 내 앞을 막는단 말인가!"

세스크는 힘겹게 공격을 피해내며 주위를 둘러봤고 동족들과 아군들이 기합을 지르며 힘겹게 싸우고 있는 모습이 두 눈에 들어왔다.

자신보다 한참 어린 동족들도 이를 악물고 싸우는 모습이 눈에 들어오자 저들을 제대로 믿지 못하고 눈앞의 적에 제대로 집중하지 못하고 있는 스스로에게 화가 났다.

당장 자신이 할 일은 집중해서 적을 쓰러뜨린 후에 도움을 주는 것이다.

지금 이대로라면 오히려 자신으로 인해 전진이 멈출 판이었다.

빠르게 끝내겠다고 마음을 먹은 세스크의 기세는 방금 전과는 판이하게 너무나 달랐다.

세스크의 쌍검에는 붉은 검강이 넘실거리고 있었고 단숨에 적의 급소를 찔러갔다.

콰앙!

세스크의 검강은 기사의 방패를 미친 듯이 두드리고 있었고 점점 기사의 방패는 찌그러지며 뒤로 밀리고 있었다.

콰지직!

세스크의 장기는 빠른 스피드에 있었기에 집중하기 시작하자 전사와 기사의 합공을 여유롭게 피해내고 있었다.

쇄아악!

세스크의 가슴팍을 노리며 전사의 도끼가 사선으로 휘둘러졌고 세스크는 옆으로 단 두 걸음을 옮기며 가볍게 피해낸 뒤 그의 옆으로 돌아갔다.

순식간에 옆으로 접근한 세스크는 차가운 눈빛으로 그를 한번 바라본 뒤에 다시 쌍검을 휘두르기 시작했다.

촤악! 촤아악!

세스크의 검이 그를 지나갈 때마다 그의 몸에선 피가 튀고 있었다.

세스크는 적의 피를 뒤집어쓰면서도 공격을 멈추지 않았고 전사의 전신을 물들여 갔다.

방패를 들고 있던 기사는 방패를 세스크에게 내던지며 달려왔다.

방패를 피한 세스크는 이어진 기사의 검을 허리를 90도가량 뒤로 젖히며 피해냈다.

기사는 자신 혼자서는 세스크를 상대하기는 어렵다는 판단이 들었기에 전사가 죽는 것만은 막아선 것이지만 그때는 이미 늦어 있었다.

세스크는 너무나 빨랐고 이미 전사의 몸에는 치명적인 상처가 가득했다.

쓰러지지 않고 서있을 뿐 그는 전투 불능 상태였다.

잠시 기사가 전사의 상태를 살피는 틈에 세스크는 그 틈을 놓치지 않고 기사의 목 젓을 역수로 베어버렸다.

좌아악!

세스크의 검강이 기사의 투구와 갑옷의 틈새를 베고 지나간 뒤에 쓰러지지 않고 있던 전사의 심장에 마지막 일격을 찔러 넣었다.

푸우윽!

세스크는 공격이 제대로 들어갔다는 확신에 전사와 기사가 쓰러지는 것조차 보지 않고 바로 난전중인 아군에게로 발길을 향했다.

그 시각 후미그룹에선 라이오스와 원시인처럼 중요부위만 가린 채 대도를 휘두르는 적이 교전 중이었다.

라이오스는 적의 터질 듯한 근육질의 몸에서 나오는 압도적인 파워와 그 압도적인 힘으로 내려찍는 무식한 대도를 막으며 이를 악물고 있었다.

눈앞의 적이 대도를 내려찍을 때마다 느껴지는 압박감은 한 순간의 실수가 생사를 결정할 수 있다는 경고를 라이오스에게 보내오고 있었다.

대도를 막아서고 있는 라이오스의 대검은 부르르 떨리고 있었다. 두 팔의 근육은 찢어질 것처럼 비명을 지르고 있었고 라이오스의 양 다리는 점점 땅속으로 꺼져가고 있었다.

지후 또한 적들과의 난전으로 인해서 어느새 후미 그룹에서 발목이 잡힌 채로 전진을 못하고 있었다.

지후의 적은 원시부족의 수장부부와 그 수하들이었다.

부부는 각자가 현경에 끝자락에 올라 있었고 부하들도 현경의 초입에 올라 있었다.

부부와 그들의 부하들의 합공에 발목이 잡힌 지후는 어느새 최전방에서 최후방까지 밀려나 있었다.

지후는 눈앞의 적들의 무력이 생각이상으로 강하다는 사실을 알 수 있었다.

라이오스는 절대 약하지 않았다.

그랜드마스터의 무력은 차원전장에서도 결코 약하다고 할 수 있는 무력이 아니었다.

하지만 그런 라이오스를 압박하고 있는 적은 터질 듯한 근육질의 몸을 하고 있음에도 불구하고 너무나 부드럽고 날렵했다. 그 탄력적인 몸뚱이는 라이오스의 공격을 아무렇지 않게 피해내며 끊임없이 공격을 퍼부으며 압박하고 있었다.

라이오스나 지후뿐만이 아니었다. 모두가 저 원시부족들의 공격에 쩔쩔매고 있었다.

계속 방어만을 하며 밀리자 이지제국군은 원시부족으로
인해 점점 두려움을 느끼고 있었다.

자신들이 믿고 있던 황제마저 적들의 파상공세에 전진을
못하고 있자 이대로 모든 게 끝이 아닐까 하는 생각에 잠식
되며 점점 두려움을 느끼고 있었다.

그들은 야생동물처럼 본능적인 움직임을 하고 있었고 틀
에 박혀있지 않았다.

전혀 예측 불가능한 변칙적인 공격이 끊임없이 이어졌기
에 모두가 그들에 대한 대응을 제대로 취하지 못하며 밀리
고 있었다.

같은 경지에 있더라도 변칙적인 공격을 하는 적과 정석
의 공격을 하는 라이오스의 입장은 정반대였다.

라이오스는 적의 당황스러운 움직임에 제대로 적응을 하
지 못한 채 방어에만 몰두하고 있었고 적은 라이오스에게
신나게 공격일변도를 취하고 있었다.

이런 상황에선 차라리 공격이 최선의 방어라는 사실을
라이오스는 알지 못했고 계속 정석으로 적을 대하며 제대
로 된 공격한번 취하지 못하고 밀리고 있었다.

보다 못한 지후가 모두를 향해 소리쳤다.

"휘둘리지 마! 각자 자기가 잘하는 걸 해! 적들이 변칙적
이라고 해서 달라지는 건 없어! 우리는 충분히 강하다! 휘둘
리지 말고 각자 자신의 공격을 해! 그동안 뭘 위해 죽도록

훈련했던 거야! 이대로 모두 개죽음이라도 당할 생각이야? 가족들도 노예로 만들 생각이 아니라면 그만 방어하고 공격을 해!"

라이오스를 포함한 모두가 지후의 말에 정신을 차렸다.

이대로 자신들이 죽는 건 괜찮다. 하지만 이대로 죽는다면 그저 개죽음일 뿐이다.

지구에서 기다리는 가족들은 어떻게 한단 말인가?

그들이 노예가 되어 고기방패가 되는 끔찍한 모습을 상상하기 싫었던 이지제국의 병사들은 다시 힘주어 공격을 시작했다.

"으아아악!"

"죽어! 이 개자식들아!"

"난 살아서 내 딸을 만나야겠다. 이 새끼들아!"

각자 자신이 힘을 낼 수 있을 법한 말을 한마디씩하며 기력을 짜내 공격하는 모습은 너무나 멋있었다.

인간이기에 언제나 두려움에 직면하지만 그렇기에 극복하고 강해질 수 있는 것이었다.

생존에 대한 열망, 사랑, 용기 등, 각자의 이유로 두려움을 떨쳐낸 병사들은 한층 더 마음가짐이 단단해져 있었고 날카로운 공격을 하고 있었다.

라이오스는 적의 대도를 간발의 차로 피해낸 뒤에 자산의 대검을 휘둘렀다.

적은 라이오스의 공격을 대도의 옆면으로 간신히 막은 뒤 주르륵 밀려났다.

"내가 착각하고 있었어. 보이는 게 전부가 아닌데. 나는 그저 내가 잘하는 걸 하면 됐는데 말이야."

라이오스는 자신의 공격이 적에게 먹히자 그제야 자신이 단순한 사실을 놓치고 있었다는 사실을 깨닫고 있었다.

물론 적에겐 장점이 많았지만 자신 또한 결코 장점이 적지 않았다.

적은 자신이 가장 잘 하는 것을 하고 있었고 자신은 잘하는 것을 하고 있던 게 아니었다.

그저 당황하며 두려움에 뒷걸음질만을 치고 있었을 뿐.

폐하의 말이 아니었다면 아무것도 해보지 못한 채 후회만 남는 개죽음을 당할 뻔 했다는 사실에 라이오스는 더욱 매섭게 검을 내리쳤다.

적은 터질 것 같은 근육갑옷을 두른 몸을 하고도 날렵하게 라이오스의 검을 피해냈다.

하지만 쉴 틈 없이 이어지는 라이오스의 공격에 대도를 휘두르며 응수할 수밖에 없었다.

콰앙!

대검과 대도가 격돌을 할 때마다 주위엔 충격파가 몰아치며 엄청난 충돌음이 발생하고 있었다.

백합이 넘어가는 경합 끝에 승자는 라이오스였다.

둘은 짊어진 무게가 달랐다.

라이오스는 지금은 무너졌지만 엘라인 제국의 엘프들을 위해 싸워야 할 영주로서의 책임이 있었고 그 무게가 길었던 승부 끝에 라이오스만이 전장에 서있도록 만들었다.

물론 라이오스의 온몸에는 선혈이 뚝뚝 흘러내리고 있었고 갑옷도 대부분이 찌그러져 있었지만 라이오스는 적을 쓰러뜨리고 전장에 서있었고 만족스런 미소를 짓고 있었다.

몸은 천근만근 무거웠지만 라이오스는 다시 선두진영을 향해 몸을 움직였다.

열두 명의 원시부족이 지후에게 맹공을 펼치고 있었고 지후는 적들의 공격을 피하며 공격을 하고 있었다.

적들 또한 현경의 경지에 오른 실력자들이었기에 상대하는 것이 결코 쉽지 않았다.

무엇보다 지금 자연경의 경지가 큰 의미가 없었다.

주변의 기운을 끌어 쓸 수가 없었기에 지금의 지후는 현경의 무인과 큰 차이가 없었다.

아니, 분명히 현경의 무인들보다는 강하겠지만 상대들이 너무 좋지 않았다.

현경의 경지에 올라있는 원시인들이 열둘이나 되었고 그들은 마치 하나의 몸을 가진 것처럼 일사분란하게 움직이며 지후를 끊임없이 괴롭혔다.

◇

'빌어먹을 것들이. 잘도 싸우네. 짜증나게.'

지후의 머릿속에는 수많은 생각이 오갔다.

이대로 주변에 퍼져있는 기운이 계속 방해를 한다면 자신의 기운을 낭비해선 안 되기 때문이다.

이 수많은 적들을 뚫고 본진까지 돌아가려면 언제 기운이 떨어질지 모르기에 평소처럼 내공을 막 사용해선 안됐다.

세이버 팔찌에 있는 기운도 생각만큼 많지 않았다.

자연경에 오른 뒤에 세이버 팔찌에 내공을 담아두는 작업을 자주 하지 않았고 오늘은 따까리를 회복시키기 위해 많은 내공을 끌어다 썼기에 자신의 내공을 한 번 정도 채워줄 만큼의 양밖에 남아있지 않았다.

그나마 소울아머에 많은 영혼력이 담겨 있었고 적들을 죽일수록 차오르기에 위안이 되고 있었지만 지금처럼 이렇게 발이 묶인 채 낭비만 하다보면 소울아머마저 힘을 잃을지 몰랐기에 지후는 최소한의 움직임으로 적들의 공격을 피해내고 있었다.

그 사이 드디어 따까리가 있는 반지에서 진동이 느껴졌다.

따까리의 회복이 완료가 됐다는 신호였고 지후는 바로 반지에 기운을 주입하며 따까리를 불러냈다.

"따가라. 최대한 병사들 보호하면서 전진해. 목적지는 이지제국이다."

"예 마스터."

따까리의 등 뒤의 날개에선 불꽃을 일으키며 최전방을 향해 날아갔다.

지후는 전방엔 따까리를 보냈으니 자신이 합류할 때까지 시간은 벌어줄 수 있을 거라는 생각에 조바심을 버린 뒤 눈앞에서 공격을 하고 있는 원시인들에게 본격적인 공격을 시작했다.

콰앙!

잘도 피한다. 정말 야생동물처럼 폴짝폴짝 공격을 피해대는데 한 대만 걸려봐라 하는 마음이 들 정도로.

하지만 지후도 수많은 실전으로 이루어진 본능적인 공격을 하는 무인이었다.

지금은 힘을 모두 쓸 수 없었기에 오랜만에 체술만으로 싸우다보니 오히려 지후의 본성이 조금씩 깨어나고 있었다.

원래 그 누구보다 싸움을 좋아했었다. 무림에서 현대로 넘어오며 싸울 일이 거의 없었기에 그 본능이 점점 옅어졌고 지금은 황제로서의 의무를 다해야 했기에 그럴 수가 없었지만 이런 상황이 연출이 되자 점점 그의 잊고 지내던 권왕으로서의 본능이 깨어나고 있었다.

퍼억!

지후의 주먹을 본능적으로 방어하며 몸을 뒤로 날려 충격을 최소화하는 적의 움직임에 지후는 기분이 좋았다.

오랜만에 마음껏 패도 괜찮을 상대였기에 투구 속의 지후는 미소를 지으며 적들과 난타전을 벌였다.

콰앙!

퍽! 퍽퍽퍽!

퍼엉!

계속된 격돌음과 함께 원시인들도 본능적으로 지후를 자신들보다 강한 포식자로 인식하기 시작했다.

그들이 자신들보다 강한 포식자를 상대하는 방법은 하나였다.

모두가 하나가 되어 단체로 덤벼드는 것이었다.

그들은 지후라는 포식자에게 더욱 살기를 풍기며 무기를 휘둘렀다.

쉬이익!

적들의 수장으로 보이던 부부중 남편이 지후를 향해 창을 찔러 넣었다.

엄청난 파공음과 함께 찔러 들어왔지만 지후는 팔목으로 창대의 옆을 살짝 밀며 미간을 찔러오던 창이 빗나가게 하였다.

치이익.

지후의 건틀렛에서는 불꽃이 튀고 있었고 적들과 공방을

주고받으며 영혼력은 빠르게 사라지고 있었다.

열두 명의 적이 유기적으로 공격하니 지후도 방어만 하고 있을 수는 없었다.

그랬기에 소울아머를 믿고 방어를 무시한 채 공방을 주고받기 시작했다.

산발을 하고 있는 적들의 떡진 회색머리가 지후의 시야에 가득 들어왔다.

지후는 검을 찔러오던 적의 머리끄덩이를 잡은 뒤에 뒤로 쭉 잡아당겼다.

고개가 뒤로 젖혀진 적에게 지후는 멈추지 않고 일격을 가했다.

그 모습에 적들이 공격을 하려 했지만 지후는 잡고 있던 적의 머리끄덩이를 놓지 않고 팔뚝으로 목을 감싼 뒤에 인질로 삼았다.

자신의 공격이 인질이 된 동료를 향하자 모두 공격을 멈추며 주춤 거렸고 지후는 그 순간 목을 조이고 있던 팔뚝에 내공을 불어넣으며 힘을 줬다.

푸아악!

지후가 잡고 있던 인질의 머리가 지후의 팔뚝의 압박을 이기지 못하고 잘리며 허공에 피분수를 일으키며 튀어 올랐다.

남은 열 하나의 적들은 그 모습에 분노를 하며 지후를

향해 더욱 거친 공격을 해왔다.

찔러오는 창을 피하자 좌우에서 지후를 양단하겠다는 듯
이 검이 베어져 왔다.

양팔에 강기를 두른 뒤에 베어오던 검을 막아낸 뒤에 정
면에서 내려찍는 대도를 한 걸음 전진하며 옆으로 한 바퀴
돌며 쳐냈다.

지후가 순식간에 거리를 좁히며 대도를 내려찍던 원시인
의 균형을 무너뜨렸고 지후는 거리가 좁혀지자 바로 그의
얼굴을 향해 주먹을 휘둘렀다.

충격을 줄이기 위해 고개를 같이 돌렸지만 큰 의미가 있
는 행동은 아니었다.

고개를 돌리며 충격을 흘리긴 했지만 들어간 충격만으로
도 그의 의식이 날아가고 있었고 지후는 바로 오른 주먹으
로 광대뼈를 후려쳤다.

콰직!

그의 광대뼈가 박살나는 소리와 함께 바닥에 곤두박질치
며 날아가고 있었고 지후는 바로 앞에 있던 다른 원시인에
게 보법을 밟아 거리를 좁힌 뒤에 진각으로 발을 밟았다.

크아악!

비명소리와 함께 기동력을 잃은 적에게 지후는 안면 니킥
을 가했고 순식간에 세 번의 안면 니킥이 적에게 정통으로
들어갔다.

순식간에 그의 안면은 함몰되며 죽어버렸고 지후는 등 뒤에서 섬뜩한 기세가 느껴져 바로 고개를 숙였다.

지후가 고개를 숙인 곳으론 섬뜩한 파공음과 함께 도끼가 지나가고 있었다.

그리고 바로 앞에는 어느새 접근한 적이 쌍검을 휘두르며 지후의 머리와 가슴을 베어오고 있었다.

지후는 이형환위를 통해 쌍검을 휘두르던 여자의 머리위에 떠올랐다.

여자는 지후의 잔상을 베며 미소를 짓고 있었지만 자신의 검에 살을 베는 느낌이 들지 않자 당황스럽다는 듯이 눈이 커졌다.

뒤에서 도끼를 휘두르던 남자는 지후가 동료의 머리위에 나타나자 소리를 치려했지만 지후가 빨랐다.

지후는 천근추를 이용해 여자의 등을 밟으며 여자를 바닥에 처박았고 척추가 부러진 여자는 더 이상 움직이지 못한 채 부들부들 몸을 떨며 입으로 피를 게워내고 있었다.

으아악!

도끼를 든 남자의 괴성과 함께 지후를 향해 도끼를 휘둘렀고 이성을 잃은 이상 지후의 상대는 아니었다.

지후는 다시 한 번 이형환위를 이용해 사내의 등 뒤에 나타났고 지후는 지체 없이 사내의 후두부를 권강으로 내리쳤다.

콰앙!

남자는 후두부가 함몰된 채로 지후의 권강에 의해서 즉사해 버렸다.

현경의 경지에 이른 것치고 상당히 허무한 죽음이 계속되고 있었지만 그만큼 지후의 무력이 강한 것이었다.

아무리 그들이 변칙적이고 예측 불가능한 공격을 하지만 지후의 공격도 만만치 않았다.

지후의 공격엔 수많은 실전이 녹아있었고 상대를 전투불능으로 만드는데 있어서 지후는 그 누구에게도 뒤지지 않는 실력자였다.

전투는 계속 됐고 어느새 지후와 다섯 원시인들만이 남아 있었다.

잠시 숨을 돌리는 듯이 원시인들은 지후와 약간의 거리를 둔 채로 공격을 하지 않고 있었다.

지후는 적들과 직접 붙어보니 적들의 무력이 생각이상이라는 사실을 느낄 수 있었다.

그랬기에 남은 부부를 죽여야 하나 생각에 잠겨있었다.

돌아가 세일란 족들에게 복수하고 여왕을 죽인다면 이들이 자신의 병사가 될 수 있다는 생각에 지후는 잠시 미래를 그렸다.

부하로 삼는다면 천군만마를 얻는 기분일 테지만 다음번에 또 붙는다면 이지제국군을 상당히 힘겹게 할 것이 분명

했기에 아쉽지만 적들을 처단하기로 마음먹었다.

전쟁터에서 보이는 괜한 자비심은 언제나 부메랑이 되어 뒤통수를 아프게 하는 법이니까.

"너희와 나, 둘 중 하나만 남아야 이 전투가 끝나겠지만 통성명 정도는 하는 게 어때? 너희들 중에도 대표는 있겠지? 나는 너희들이 그토록 죽이고 싶어 하는 이지제국의 황제인 이지후다."

지후는 말을 마친 뒤에 원시부족을 바라봤고 예상대로 부부 중 남자로 보이던 자가 한걸음 앞으로 나오며 입을 열었다.

"나는 회색갈퀴부족의 족장인 무쿠스다."

"무쿠스라… 좋아. 이제 통성명도 했으니 다시 싸움을 시작해 볼까?"

무쿠스는 고개를 끄덕이며 다시 창을 곤추세우며 몸을 숙이며 언제라도 돌진을 해 창을 찌를 자세를 취했다.

무쿠스는 이를 악물며 돌진했고 그 뒤를 남은 네 사람이 뒤따랐다.

쉬이익!

챙!

콰아앙!

쾅쾅쾅!

콰지직!

공방과 함께 땅을 갈아엎는 듯한 충격파가 곳곳에 발생했다.

폭음소리가 들리는 듯한 소리가 전장을 뒤흔들었고 그럴 때마다 무쿠스의 부하들은 피를 토하며 싸늘한 시체가 되어 흙으로 돌아갔다.

무쿠스는 눈앞의 황제를 바라보며 이를 갈고 있었다.

어느새 부족원들은 모두 싸늘한 시체가 되어 일어나지 못하고 있었고 자신과 자신의 부인만이 남아 있었다.

무쿠스의 윗니와 아랫니가 쉴 새 없이 부딪히며 딱딱거리고 있는 것이 눈에 보일 정도였다.

죽을지도 모른다는 공포라는 두려움이 무쿠스의 숨통을 조여 왔다.

그동안 만났던 그 어떤 포식자보다 자신을 본능적으로 조여 오는 포식자에게 이가 갈렸다.

마음은 부인을 데리고 어서 도망을 가라고 소리치고 있었지만 몸은 의지와 다르게 포식자를 향하고 있었다.

잊고 있었다.

자신들은 전쟁에 패해 노예가 되었고 이제는 주인의 명령에 의해 오직 싸움밖에 할 수 없음을.

후퇴조차 마음대로 할 수 없다는 사실을 다시 한 번 느낀 무쿠스는 자신의 신세가 마음에 들지 않았다.

드넓은 초원을 누비며 어디에도 얽매이지 않고 자유롭게

살았던 회색갈퀴부족이 어쩌다가 이 지경에 이르렀을까.

자신의 아버지 무키스가 차원전쟁에 패배하고 자신이 그 뒤를 이어받아 노예의 삶을 살며 부족을 이끌었지만 아무래도 오늘로 그 짐은 내려놔야 할 것만 같았다.

이제 그 일은 자신의 아들인 무카스가 이어받아야 할 것이다.

"황제여. 부탁이 있다."

갑작스러운 무쿠스의 말에 지후는 무쿠스를 바라봤다.

'유언이라도 할 생각인가?'

"부탁이 뭐지?"

무쿠스는 느낄 수 있었다. 눈앞의 포식자에게는 절대로 이길 수 없다.

오늘이 아마 자신과 부인의 마지막이 될 것이다.

"그대와의 전투에서 내가 죽거든… 혹시 그대가 나의 뒤를 이어 나타날 내 아들 무카스를 만난다면 자비를 베풀어 주기를 바라네."

"자비라……."

전쟁터에서 자비라….

그런 모험을 내가 왜?

"이걸 받아라."

무쿠스는 자신의 목에 걸려있던 목걸이를 벗어 지후에게 던졌다.

"그건 우리 일족의 족장에 대한 증표이자 선대 족장들의 정수가 녹아들어 있는 물건이네. 우리를 노예로 부리는 여왕을 이긴 뒤에 그 목걸이를 무카스에게 보여준다면 우리 일족은 진심으로 당신을 따를 것이네. 그리고 그 목걸이를 무카스에게 준다면 무카스는 진정한 일족의 족장으로 발돋음 할 수 있을 것이네."

'진심으로 나를 따른 다라…. 물론 욕심은 나지만… 적으로 만났을 때 너희 종족이 내 백성들을 도륙한다면 나도 장담을 할 수는 없을 것 같군.'

"전쟁터에서 적에게 자비를 베풀지는 않는다. 만약 너희 종족이 내 백성들을 죽인다면 나도 어쩔 수 없다. 하지만 네 아들을 만난다면 목걸이는 전해주지."

"더 이상 바란다면 욕심이겠지. 그대는 많은 일족을 이끄는 자. 충분히 이해한다. 그리고 고맙다."

대화는 거기까지였다.

부부는 다시 무기를 움켜쥐며 지후를 바라봤고 지후 또한 고개를 끄덕이며 주먹을 말아 쥐었다.

부부의 혼신을 다한 공격은 정말 위협적이었다.
변칙공격의 끝판 왕이라고 해야 할까?

정말 공격 하나하나가 위력적이었고 치명적이었다.

무쿠스의 창이 지후를 사정없이 찔러왔고 부인의 50cm 정도 되는 사시미같은 단검이 쉴 틈 없이 지후를 베어왔다.

둘의 합공은 정말 위협적이었지만 개개인으로 따져도 정말 뛰어났다.

슈우욱!

무쿠스의 창이 지후의 몸을 뚫어버리겠다는 듯이 찔러왔다.

지후는 천왕보를 밟으며 무쿠스의 공격을 피해냈고 바로 공격을 이어가려 했지만 바로 지척에서 목을 향해 베어오는 부인의 공격에 의해 무쿠스를 공격하려던 것을 멈추고 팔을 들어 부인의 공격을 막을 수밖에 없었다.

콰앙!

지후의 팔과 그녀의 검이 충돌하자 불꽃이 튀고 있었고 두 사람 다 충격을 해소하기 위해 몸을 뒤로 날리며 충격을 분산시키고 있었다.

지후가 충격을 흘리고 있을 때 바로 무쿠스의 창은 지후의 머리를 좌우로 찔러 왔다.

고개를 좌우로 흔들며 복싱선수가 위빙을 하듯이 창을 피해내며 공격을 이었다.

지후의 권강을 창대로 막아내는 무쿠스의 창은 끊임없이 움직였다.

그 모습은 마치 뱀 같았다. 상하 좌우로 계속 찔러왔고 그 변칙적인 움직임은 지후조차도 잠시 긴장케 했다.

'무림에서도 이런 창법을 쓰는 자는 없었는데…. 본능적인 움직임만으로 이런 창법을 사용하다니, 정말 대단해.'

감탄을 하고 있을 틈은 없었다.

지후의 등 뒤에선 바로 부인의 단검이 베어오고 있었다.

단검을 오른손 왼손으로 번갈아 잡고 역수로 잡았다가 던졌다가, 전혀 예측 불가능한 패턴으로 공격을 하고 있었기에 지후는 둘의 합공에서 쉽사리 벗어나지 못하고 있었다.

아니, 지후는 잠시 권왕으로서의 본능이 살아나는 바람에 싸움을 즐기고 있었던 것이다.

지후는 점점 전방에서 느껴지는 기감들이 약해지는 것이 느껴졌고 더 이상 싸움을 즐기고 있을 틈이 없다는 사실을 느꼈다.

지후는 전신으로 내공을 개방하기 시작했다.

창을 쳐내며 묵직한 내공으로 밀어 붙이자 무쿠스도 점점 뒤로 밀려나고 있었다.

남편이 밀리는 모습에 부인은 다급하게 공격을 이었고 드디어 그들의 합공에 균열이 보였다.

단검을 치켜들고 달려오는 부인을 바라보며 지후는 거세

게 진각을 밟았다.

콰아아앙!

그러자 부인의 눈앞에선 땅이 뒤집히며 솟아올랐다.

튀어 오른 파편들을 다급하게 피하고 쳐내느라 달려오던 부인은 지후에게 접근하지 못했고 그 사이 지후는 무쿠스에게 달려가 금빛 주먹을 휘두르고 있었다.

콰아앙! 콰아앙!

무쿠스는 지후의 압도적인 파괴력의 주먹에 이를 악물었다.

대체 어떻게 되먹은 주먹이기에 이렇게 큰 위력을 가지고 있는 것인지 이해를 할 수 없었다.

무쿠스의 창이 지후의 공격에 의해 점점 금이 가고 있었고 결국 부서지고 말았다.

무쿠스의 부인이 지후가 밟은 진각의 돌무더기 속에서 빠져나오는 그 찰나의 순간에 모든 공격이 이루어 졌다.

부인은 무쿠스의 몸을 두들기는 지후에게 고함을 지르며 핏발이 서린 눈으로 달려왔다.

"멈춰어!"

지후는 부인이 지척에 도착하자 투구 속에서 미소를 짓고 있었다.

"소울 쇼크!"

콰아앙!

지후의 오른 주먹이 무쿠스와 부인의 사이의 땅에 작렬했고 충격파가 둘의 전신에 강타했다.

운이 좋게도 둘 모두 스턴상태에 빠져 있었고 지후는 공중으로 뛰어오르며 왼 주먹에 내공을 모았다.

부부의 눈동자만이 거세게 흔들리며 지후를 바라보고 있었다.

'천왕삼권 제 이식. 천지개벽!'

지후는 최대한 내공을 조절하며 천왕삼권의 제 이식인 천지개벽을 펼쳤다.

지후의 주먹이 땅을 가르자 부부가 스턴상태에 빠져있던 반경 10m는 진공상태에 빠지며 가루가 되어가기 시작했다.

비명을 토하는 듯한 소리가 천지를 강타했고 그 곳에 있던 모든 것들은 가루가 되어 사라져갔다.

엄청난 빛 속에 하늘과 땅은 하나가 된 듯이 빛의 기둥이 생겨났고 그 기둥이 있던 곳에는 더 이상 아무것도 남아있지 않았다.

예전이라면 주변을 초토화 시켰을 기술이지만 지금의 지후는 화경도 현경도 아니었다. 그랬기에 내공의 컨트롤은 예전과는 비교할 수 없을 정도로 정교했고, 힘의 낭비 없이 최소한의 힘으로 기술을 사용할 수 있었다.

그동안 치열한 전투가 허무하리만치 부부의 최후는 초라했다.

스턴상태에 빠져 있었기에 방어를 할 수도 없었고 아무 것도 하지 못하고 비명도 지르지 못한 채 그들은 그렇게 차 원전장에서 지워졌다.

'너희들의 아들을…. 만난다면 복걸이는 전해주지. 웬만 하면 직접적으로 마주치진 않았으면 좋겠지만.'

부부는 지후가 인정할 만큼 강했고 그들이 비겁한 공격 을 하거나 한 게 아니었기에 그의 아들과 적으로 만나지 않 기를 바랄 뿐이었다.

물론 그의 아들이 세일란 족의 노예이기에 마주칠 수밖 에 없다는 사실은 알고 있었지만 그저 지후의 마음이 그랬 다.

용맹한 부족의 대를 자신의 손으로 끊어버리고 싶지는 않았기에.

지후는 자신의 기술로 인해 구멍이 뚫린 대지를 바라보 고 잠시 묵념을 한 뒤에 병사들이 전투를 펼치고 있는 전방 으로 향했다.

지후가 병사들이 싸우고 있는 전장에 도착하자 상황은 개판 5분전이었다.

말 그대로 난장판이었다.

키에엑!

땅에서는 엄청난 대군이 병사들에게 무기를 휘두르고 있 었고 하늘에서는 괴조라고 불러야 할지 드레이크나 익룡이라고 불러야 할지 모를 정체불명의 괴조들이 이지제국의 병사들을 공격하고 있었다.

3~4미터의 크기의 괴조들은 급강하를 하며 입으로 불을 뿜어대고 있었다.

겨우겨우 불길을 피해낸 병사들에게 날아가 체중을 실은 발길질이나 그들을 잡아 공중에서 집어던지고 있었다.

병사들의 갑옷은 형태를 알아보지 못할 정도로 우그러지고 있었고 몇몇은 갑옷 째로 구겨지고 있었다.

쾅!

괴조들은 마치 병사들을 포탄처럼 집어던지고 있었고 괴조들의 포탄이 되어 날아온 병사들은 땅에 처박힌 채 경련을 일으키듯 몸을 떨다 피를 토하며 죽어갔다.

그들의 날카로운 부리와 발톱은 병사들의 갑옷 따위는 아무것도 아니라고 무시하는 듯이 종잇장처럼 쉽게 베고 쪼았다.

부리에 씹힌 병사들의 갑옷은 갑옷으로서의 기능을 하지 못했다.

그들의 치악력에 너무나 쉽게 찌그러졌다. 동강난 허리에서는 장기가 쏟아지고 있었고 곳곳에선 비명이 계속해서 들려왔다.

계속 산채로 짓이겨지자 이지제국의 병사들은 점점 두려움에 물들고 있었다.

괴조들은 흉흉한 기운을 풍기며 아래턱을 움직이며 병사들을 씹어 먹고 있었고 그 모습은 너무나 잔인하고 섬뜩했다.

괴조들에게 이지 제국의 병사들은 그저 작고 나약한 생명체일 뿐이었다.

스치기만 해도 사지가 잘려나갈 그저 먹잇감에 불과한 것들이었다.

지후는 적들의 파상공세에 이를 악물며 이판사판 정면 돌파라는 생각이 들었다.

적이 차원전쟁이상으로 공격을 감행하는데 이지제국은 겨우 5만이 넘는 수로 전쟁을 치루고 있었기 때문이다.

지후는 모든 내공을 개방한 뒤에 살기어린 눈빛으로 전장을 바라 본 뒤에 무전을 시도했다.

"윌슨 지금부터 모든 사냥터를 버린다. 어차피 적들도 안전지대를 공격하지는 못하니까 그냥 다 버려. 그리고 우리가 있는 곳으로 전 병력을 이끌고 퇴로를 확보하면서 조금씩 전진해. 절대로 빨리 올 필요는 없으니까 확실하게 퇴로를 확보하면서 와."

물론 빨리 오면 좋아.

그런데 그렇게 말하면 넌 우리랑 같이 고립되고도 남을 놈이니까.

"추웅!"

윌슨은 드디어 자신을 부르는 무전에 콧김을 뿜어내며 병력을 한 곳으로 모았다.

지후는 윌슨과 무전을 끊은 뒤에 바로 폴에게 무전을 보냈다.

"지금 당장 모든 공군을 우리가 있는 곳으로 출동시켜!"

"충!"

지후는 더 이상 내공을 아끼지 않았다.

적들을 많이 죽이면 소울아머가 알아서 내공을 채워줄 것이라 믿기에 전신으로 내공을 개방한 뒤 악귀가 되어 전장을 누볐다.

콰아앙!

지후의 권강에 적들은 속수무책으로 죽어나가고 있었다.

지후가 백보신권으로 다가오는 괴조들을 공격했고 괴조들은 지후의 공격에 비명을 지르며 추락하며 죽어갔다.

하지만 적들의 수가 너무 많았기에 상황이 역전되기에는 많은 시간이 필요했다.

하늘과 땅에서는 끊임없이 공격이 이어졌고 아수라장이 된 전쟁터는 대형도 전술도 없었다.

그나마 지후의 마음에 위안이 되는 건 자신의 두 부인과 누나 부부, 그리고 윌로드가 제대로 싸우며 제몫을 해내고 있다는 사실이었다.

지후와 함께 많은 전투를 치러왔기에 그들은 병사들처럼

두려움에 무너지지는 않고 있었다.

오히려 병사들을 다독이며 제대로 싸우고 있었다.

최전방에서 따까리도 길을 열기 위해 홀로 고군분투하며 거체를 움직이고 있었다.

그렇게 10분 정도가 흐르자 하늘에선 점점 시끄러운 소리가 들려왔다.

지후는 그것이 뭔지 알았기에 소리쳤다.

"다들 정신 차려! 곧 지원이 온다!"

지후의 입에서 나온 지원이 온다는 소식에 병사들은 젓먹던 힘까지 짜내며 아직은 죽을 때가 아니라는 듯이 공격을 이어갔다.

쿠구구구구구.

우우우우우웅.

드디어 전투기와 헬기의 모습이 시야에 들어오기 시작했고 병사들은 그걸 보자 더욱 기세를 올렸다.

희망을 봤기 때문일까? 병사들은 두려움보다는 살 수 있다는 희망에 더욱 기대를 걸며 적들에게 무기를 휘둘렀다.

철컥!

"공중에 있는 모든 괴조를 공격해라!"

타다다다다다타탕!

헬기에서는 대형 발칸포가 일제히 괴조를 향해 공격을 감행했다.

괴조들의 두꺼운 가죽도 드워프들과 함께 계발한 신형 발칸포의 위력을 견뎌내지 못했다.

곳곳에 구멍이 숭숭 뚫린 채로 추락을 거듭하고 있었고 그 모습에 이지 제국의 병사들은 조금씩 두려움을 떨쳐내며 사기가 올라가고 있었다.

또한 전투기는 아직 아군들의 근처로 가지 못한 주변의 적들을 향해 폭격을 감행했다.

아군과 적당한 거리가 있었기에 전투기의 폭격은 아군에게 전혀 피해를 주지 않은 채 적들에게 막대한 피해를 주기 시작했다.

쾅쾅! 쾅쾅! 쾅쾅쾅쾅쾅쾅!

미사일과 고폭탄들의 폭격 속에 엄청난 불길이 치솟았고 적들은 전장의 불길에 산화되어 갔다.

폭격은 멈추지 않고 계속 됐고 괴조들은 헬기와 전투기를 향해 돌진했다.

괴조들도 머리는 있는지 공중에 있는 전투기와 헬기로 자신들의 공격대상을 변경했다.

본격적인 도그 파이트가 시작되었고 공중에서는 이지제국의 전투기와 헬기들이 불길에 휩싸인 채 추락하고 있었다.

물론 괴조들도 추락하고 있었지만 헬기와 전투기의 추락 소리는 유난히 크게 느껴졌다.

쿠우우우우웅!

투두두두두투퉁!

탕탕탕탕탕탕탕탕!

곳곳에서 터지는 폭음소리와는 달랐다.

이건 하늘에서 나는 소리가 아니었다.

땅에서는 조금씩 진동이 느껴지고 있었고 시간이 흐를수록 진동이 격렬해지고 있었다.

병사들은 자신들이 가야할 곳에서 엄청난 흙먼지가 일어나고 있자 귀를 기울여 들어봤고 엄청난 수의 전차와 장갑차들이 몰려오고 있는 소리가 들렸다. 그것은 월슨이 이끌고 오는 이지제국군이었다.

"우리를 핍박한 적들을 모두 죽여라! 한 놈도 살려두지 마라! 모두 죽여라!"

월슨은 고래고래 소리를 지르고 있었고 밀고 오는 이지제국군의 대군은 대포와 총을 쉴 세 없이 쏘아대며 지후와 병사들이 버티고 있는 곳을 향해 진군하고 있었다.

'하… 저 놈이 반가울 때가 있네.'

지후는 월슨에게 처음으로 반가움이라는 감정을 느끼고 있었다.

주변을 초토화 시키며 진군하고 있었고 윌슨은 지후가 시켰던 대로 퇴로도 제대로 확보하며 오고 있었다.

윌슨의 극적인 등장은 겨우 버티고 있던 병력들에게 한 줄기 빛과 같았다.

병사들은 사력을 다해 윌슨이 이끌고 오는 지원군이 오는 곳을 향해 진군했다.

지원군들은 병사들이 합류할 수 있도록 저격으로 도움을 주고 있었다.

"탕!"

총성이 울릴 때마다 드워프들과 함께 새로 개발된 탄환은 적들의 머리를 사정없이 뚫어 버렸다.

체력이 떨어질 대로 떨어져 있던 병사들은 빠르게 지원군들이 있는 곳을 향해서 마지막 남은 힘을 쥐어 짜냈다.

여전히 공군과 괴조들은 도그파이트를 하고 있었고 괴조가 사정거리에 들어오자 탱크들의 포신이 하늘을 향했다.

"콰앙! 펑! 펑! 펑!"

포신에서 불꽃이 뿜어질 때마다 괴조들은 치명적인 피해를 입은 채로 추락을 거듭했다.

공군의 폭격으로 인해서 적들은 더 이상의 지원군이 없었다.

여전히 많은 적들이 몰려 있었지만 아까와는 상황이 달랐다.

안전지대를 공격할 수 없기에 지후는 윌슨에게 모든 병력을 몰고 오라고 시켰고 윌슨은 지후의 뜻대로 모든 이지제국의 병사들을 이끌고 전장에 왔다.

양측의 병력은 비슷해보였지만 이지제국군이 약간 많았다.

중요한 사실은 더 이상 적들의 지원군은 올 수 없었다.

숲에는 폭격으로 인한 거센 불길이 솟아오르고 있었고 그 불길을 뚫고 이지제국군이 있는 곳으로 진군을 하기에는 적들이 입어야 할 피해가 장난이 아니었다.

적들은 무작정 화마를 뚫고 이지제국에 공격을 강행하려고 했지만 너무나 강한 화마를 뚫어내는 것은 쉽지 않았다.

대부분이 화마를 뚫으면 심각한 화상으로 인해서 전투불능상태에 빠졌고 몇몇은 아예 화마 속에서 산화되어 갔다.

세일란 족들은 화마를 뚫는 건 어리석다는 생각에 이미 전투중인 노예들이 그들에게 최대한 피해를 입히기를 주문했다.

적들의 기마부대는 전투가 끝날 때쯤 확인사살을 위한 용도로 사용했지만 오늘은 아니었다.

다행이라고 해야 할지 불행이라고 해야 할지 결과가 나와 봐야 알게 되겠지만 기마부대는 화마의 안쪽에 있었고 이지제국을 향해 진군에서 적들을 무력화 시키라는 명령을 받았다.

2만의 기마부대는 이지제국군의 거센 반격을 뚫어내야 하는 임무를 받았고 이지제국을 향해 전력으로 달려왔다.

기마병들은 신이 났다.

오랜만에 자신들이 노예가 되기 전에 하던 일을 하는 것이었다.

언제나 선봉에서 단숨에 적진을 돌파해 가장 먼저 적들의 진영을 와해시키는 것이 자신들의 임무였고 존재 이유였다.

하지만 노예가 된 이후로는 전투가 마무리 될 즈음에 확인사살을 하는 용도로 전락했기에 오늘은 오랜만에 잃어버린 자존심을 회복할 기회였다.

"두두두두두두두."

거친 말발굽 소리가 전장에 울려 퍼지며 기마병들은 오랜만에 찾아온 기회에 자신감이 넘치는 움직임으로 거칠게 움직였고 마창과 장창을 움켜쥐며 이지제국군을 향해 진군했다.

"뚫어라! 오늘은 마음껏 날뛰어도 좋다!"

적들의 기마병들을 발견한 이지제국군의 탱크의 포신과 장갑차의 기관총이 맹렬한 기세를 토해냈다.

퍼엉! 콰아아앙! 타타타타타타탕!

기마대들은 쏟아지는 총알과 포탄에 의해서 쉽사리 접근을 할 수 없었다.

하지만 숙련된 기마병들은 대부분 포탄을 피해 조금씩 전진하고 있었고 그들을 향해 오토바이에 올라 타있던 이지제국의 병사들이 돌진했다.

우우우웅!

거센 포화를 뚫어낸 기마병들은 오랜만에 자신들 본연의 임무에 기세가 올라있었고 이지제국의 오토바이 부대들은 자신들의 동료를 공격한 적들에 대한 분노가 머리 끝가지 올라있었고 드디어 양 진영이 충돌했다.

말과 그들의 몸을 두르고 있는 갑옷은 다른 적들에 비해 몇 배는 튼튼했고 오토바이에서 병사들이 쏘아내는 총에도 불꽃만 튀길 뿐 전혀 피해가 없었다.

"뚫어라!"

"창대를 세워 적을 찔러라!"

기마부대는 자신들이 충분히 적들의 공격을 막아낼 방어력이 있다는 사실에 더욱 기세를 타고 거칠게 움직였다.

"모두 탄창 교체! 철갑탄과 폭열탄으로 교체한다!"

근거리에서 철갑탄과 폭열탄들이 터지자 적들은 그 충격에 말에서 떨어지기 시작했다.

포탄은 멀리서 날아왔기에 피해낼 수 있었지만 오토바이병들이 쏘아내는 철갑탄과 폭열탄 공격은 피할 수 있을 정도의 거리에서 이루어진 공격이 아니었기에 기마병들은 말에서 낙마를 하거나 그 두꺼운 갑옷으로도 공격을 막아낼 수 없었다.

"모두 조정간 3점사!"

"조정간 3점사!"

"탕탕탕! 탕탕탕!"

철갑탄과 폭열탄으로의 탄창의 교체는 대 성공이었다.

적들의 말들은 비명을 지르며 몸을 뒤틀었고 말 위에 있던 기마병들은 발악을 하듯 몸부림을 치는 기마들로 인해서 낙마를 할 수밖에 없었다.

떨어진 적들을 향해 쉬지 않고 수류탄이 날아갔고 수류탄들은 적들에게 자비 없이 폭발하며 그 파편은 적들의 육체를 찢었다.

거듭된 집중사격에 적들의 기마부대는 속수무책으로 무너졌고 치열할 것 같았던 양 진영의 충돌은 이지제국의 기마부대의 압승이었다.

병사들은 분주하게 총열을 교체하고 탄창을 갈며 끊임없이 움직였다.

적들이 믿었던 기마대는 아쉽게도 대 실패였다.

말에서 떨어진 기마병들은 다급히 무기를 주워들었지만 이미 그들의 몸 위로는 이지제국 병사들의 공격이 쏟아졌다.

기마병들을 앞세워 전진하던 세일란 족들은 전진을 멈춘 채 상황을 지켜봤다.

이지제국군은 더 이상 밀려나지 않았다.

이지제국군은 아까와는 달랐다. 모든 병력이 무장을 갖춘 채로 이곳에 도착했고 도착한 지원군들은 이 상황에 분노하고 있었기에 모두의 얼굴엔 분노와 독기가 가득했다.

지원군이 도착했을 때 병사들의 몰골은 처참했다.

온 몸을 피범벅을 한 채로 간신히 무기를 휘두르던 병사들이 대다수였고 싸늘한 시체가 되어버린 동료들이 적들의 발에 채이며 전장에 방치되어 있었다.

그들이 얼마나 힘겨운 전투를 치루고 여기까지 왔을지 보지 않아도 느껴졌기에 지원군들의 분노는 더욱 커졌다.

분노에 가득 찬 이지제국군의 공격에 적들은 속절없이 무너져 갔다.

그들의 무력도 빠른 기동력도 당장은 무의미했다.

탱크와 장갑차, 지격병들에게서 뿜어지는 불꽃은 그들의 장점인 접근을 쉽게 허용하지 않았다.

접근을 하더라도 산전수전을 다 겪은 이지제국의 여섯 종족들은 그들의 접근을 어렵지 않게 막아내고 있었다.

지금 당장은 이지제국군이 적들보다 병력이 많았기에 그들 개개인이 실력을 발휘할 틈을 주지 않고 있었다.

무엇보다 공군의 폭격으로 인해 도움을 줘야할 지원군들은 엄청난 피해를 입었고 2차적으로는 폭격의 불길로 인해서 접근이 불가능했다.

"크으윽."

"커억."

여기저기에서 적들의 신음소리가 터져 나왔다.

그들은 이대로는 안 된다는 사실을 알았고 후퇴 후에 전열을 가다듬고 다시 공격을 하고 싶었지만 후퇴는 불가능했다.

후방에 있는 세일란 족을 바라봤지만 세일락 족들은 입으로 산성 침만을 흘리며 진군을 하라고 명령했다.

오직 전진만이 가능한 노예들이었기에 마음과는 다르게 이지제국군의 포화 속으로 몸을 날렸다.

쓰러지기 직전이던 병사들은 지원군과 합류해 차량에 탑승하며 응급처치를 받았다.

그들의 피로 물든 몸을 바라보던 지원병들은 더욱 거세게 적들을 향해 포탄을 날렸다.

총신이 과열되는 것도 잊은 채 병사들은 분노를 담아 공격을 퍼부었고 어느새 적들은 제대로 접근을 못하고 일방적으로 학살을 당하고 있었다.

이지제국의 병사들은 퇴각을 하지 않고 계속 적들을 향해 공격을 퍼붓고 있었다.

원래 계획대로라면 병사들을 구해서 돌아가야 했지만 누구도 후퇴라는 명령을 내리지 않았다.

지후 또한 후퇴를 하라는 명령을 하지 않은 채 탱크위에 올라서서 전장을 바라봤다.

"적들이 당황할 때 속전속결로 해치운다!"

전장은 어느새 이지지국 쪽으로 기울어 있었고 적들은 후퇴를 하고 싶어도 하지 못하고 억지로 전진을 해야 하는 것이었기에 그 마음가짐이 달랐다.

동료들의 희생에 분노한 이지제국군과 억지로 전투를 하는 노예들과는 전쟁에 임하는 자세가 달랐고 결과에는 분명한 차이가 있었다.

적들이 함정을 파고 지후를 유인한 것이었지만 지금은 상황이 반대가 되어 버렸다.

공군의 폭격에 의해서 적들의 의도와는 다르게 자신들이 고립되었고 오히려 모든 병력이 몰려온 이지제국의 병사들에 의해서 처참하게 도륙 당했다.

"크으윽."

적들의 침음을 삼키는 소리가 이지제국의 병사들에게 점점 선명하게 들려왔다.

세일란 족들은 후퇴를 결심했다.

이지제국의 공격에 의해서 자신들의 방패들이 모두 죽어가고 있었고 자칫 잘못하면 방패도 없이 자신들이 싸워야 할 상황이었다.

자신들이 있는 곳까지 적들의 공격이 미치기 시작하자 그들은 빠르게 후퇴를 하기 시작했다.

하지만 엄청난 포격으로 인해서 후퇴도 쉽지 않았다.

이지제국의 탱크의 사정거리는 충분히 멀었고 도망을 가려는 세일란 족들을 노리기 시작했다.

공격을 하던 이지제국의 병사들은 상황이 이상하게 흘러 간다는 사실을 눈치 챘다.

지후 또한 그것을 보면서 인상을 찌그렸다.

공격을 받던 세일란 족들이 자신들의 노예를 잡아먹기 시작했다.

그 황당하고 섬뜩한 모습에 다들 할 말을 잊은 채 그 모습을 바라봤다.

적들은 노예들을 잡아먹으며 상처 입은 몸을 회복했고 다시 후퇴하기 시작했다.

'이제 확실히 알겠어. 세일란 종족이라는 것들은 정말 영악해.

하지만 엄청 계략이 뛰어나거나 전술적인 건 아니었어.

그저 자신들 종족의 안위만을 생각할 뿐.

저들의 진영에 왜 인간이나 동물들만 노예로 있는지 알 겠어.

저들에게 노예들은 식량이자 포션이었어.

그랬기에 우리 이지제국은 적에게 탐나는 좋은 먹잇감이 었고.'

생각을 마친 지후는 후퇴하는 세일란 족들을 향해 몸을 날렸다.

지후까지 공격을 감행하자 세일란 족들은 도망조차 제대로 치지 못했고 죽음을 피하기 위해 더욱 주변의 노예들을 뜯어 먹기 시작했다.

그들이 아무리 노예라고 하지만 산채로 씹어 먹히는 장면은 영 거슬렸다.

"고작 이런 것들에게 우리 세일란 족이…"

"너희는 애초에 우리에게 덤비면 안 됐어. 너희는 가장 처참하게, 잔인하게 쓰러뜨려 줄 것이다. 내 이름을 걸고 맹세하지."

지후는 장담을 하듯이 세일란 족들을 향해 말을 이었다.

지후에게 세일란 족들은 노예로서의 가치조차도 없다. 나중에라도 승리를 한다면 세일란 족만큼은 모두 도륙하기로 마음먹었다.

아군을 먹어서 자신의 몸을 회복하는 모습은 보는 것만으로도 불쾌했고 저런 것들을 지후는 자신의 백성으로 받아들일 생각이 없었다.

세일란 족은 자신들만을 위하는 종족이었고 지후는 그 모습이 너무나 불쾌했다.

어느새 가지고 온 총알과 포탄이 대부분 떨어지고 있었다.

지후는 마지막으로 적진을 향한 생화학무기의 발사를 명령했다.

공군은 화마의 장벽 바깥을 그리고 탱크에서는 후퇴를

하며 화마의 안쪽에 폭격을 감행했다.

어차피 한동안 사냥을 금지시킬 것이기에 지후는 이곳에 생화학무기를 사용해 죽음의 대지로 변화시켰다.

지구라면 이런 무기를 절대 사용해서는 안 되는 것이었겠지만 이곳은 차원전장이다.

생화학무기를 사용한다고 양심에 찔릴 것도 없었고 적은 적일 뿐 이었다.

노예라고 동정할 필요도 없는 곳이 차원전장이고 자비 따위는 사치인 적이 세일란 족이었으니까.

〈6권에 계속〉

신분상승 가속자

NEO MODERN FANTASY STORY

철갑자라 현대판타지 장편소설

어느 날 갑자기 찾아 온 지옥같은 밤의 세계!
꿈이라 치부했던 현상이 다시 없을 기회로 찾아왔다!

밤에는 꼭대기 층을 알 수 없는 던전의 마물로
낮에는 돈없는 대한민국의 을로 살던 나에게
홀연히 찾아온 막강한 권능들!

[뫼비우스의 초끈을 습득했습니다.]

치열한 밤 세계의 서열이 올라갈 수록
그의 낮시간도 신분상승을 겪는데
낮과 밤을 엮어주는 뫼비우스 초끈과 미러 퀘스트로
빈번하게 신분을 뒤바꾸어라!

그의 평범하기 그지 없던 밑바닥 신분이
걷잡을 수 없이 상승한다!

철갑자라 현대판타지 장편소설

[신분상승가속자] 1

북두
(주)좋은세상

회귀의
절대자

2 회귀의 절대자
1 회귀의 절대자

원태랑 현대판타지 장편소설

NEO MODERN FANTASY STORY

인류 최고의 실력자 한성!
절대자에게 벗어나기 위한 최후의 싸움에서
동료에게 배신을 당한 채 죽음을 맞이하는 순간!

[패시브! 회귀 스킬 작동합니다!]

회귀 스킬로 인해 각성하기 전으로 돌아온 한성!
회귀 전의 스킬이 고스란히 잠재된 그의 스킬창.
탑재되어 있는 스킬을 사용하기 위해서
남은 것은 광속 렙업뿐!

절대자로 인해 거대한 게임의 세계로 변한
세상을 구원하기 위해
회귀 전의 실수를 하지 않기 위해
다시 시작하게 된 새로운 삶에서
고독한 그의 절대적인 행보가 시작된다!

회귀의
절대자